불사왕

론도 판타지 장편 소설
FANTASY FRONTIER SPIRIT

불사왕 6

론도 판타지 장편 소설

초판 1쇄 찍은 날 § 2011년 12월 22일
초판 1쇄 펴낸 날 § 2011년 12월 29일

지은이 § 론도
펴낸이 § 서경석

편집부장 § 권태완
편집책임 § 주소영

펴낸곳 § 도서출판 청어람
등록번호 § 제1081-1-89호
등록일자 § 1999. 5. 31
어람번호 § 제1-1311호

주소 § 경기도 부천시 원미구 심곡2동 163-2 서경B/D 3F (우) 420-822
전화 § 032-656-4452 팩스 § 032-656-4453
http://www.chungeoram.com
E-mail § chungeoram@chungeoram.com

ⓒ 론도, 2008

ISBN 978-89-251-2722-4 04810
ISBN 978-89-251-1564-1 (세트)

론도 판타지 장편 소설
FANTASY FRONTIER SPIRIT

[신화]

VI

불사 왕

[완결]

THE KING OF IMMORALITY

청람
도서출판

Contents

1장 합류   7

2장 그 마법사의 사정   67

3장 저항 세력   121

4장 검의 길   179

5장 결전   237

Epilogue 1   279

Epilogue 2   289

외전 - 흑룡왕   293

Chapter 01
합류

THE KING OF IMMORTALITY

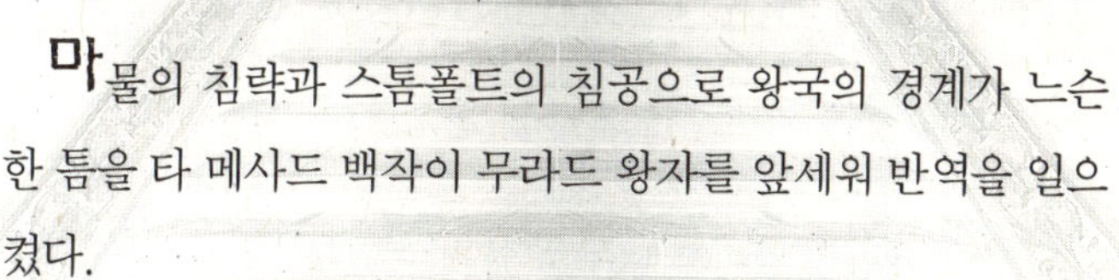

마물의 침략과 스톰폴트의 침공으로 왕국의 경계가 느슨한 틈을 타 메사드 백작이 무라드 왕자를 앞세워 반역을 일으켰다.

그러나 반역은 실패로 끝이 났고 도망친 반역도를 잡기 위해 병사들이 날이 번뜩이는 창칼을 들고 사방을 들쑤시고 다녔다.

그러잖아도 흉흉한 거리가 더욱 흉험해졌다.

골목에 바짝 붙어 상황을 살피던 기사가 고개를 끄덕였다.

"병사들이 떠났습니다."

그제야 일행은 한숨을 쉬었다.

메사드 백작은 하이젠버그 후작이 빼돌려 놓은 무라드 왕자를 데리고 몇 안 되는 기사들의 호위를 받으며 도주하고 있었다.

하지만 이렇게 목적지도 없이 떠돌다가는 금방 붙잡히고 말 것이다.

생각에 잠겨 있던 하이젠버그 후작이 말했다.

"…마링겐 왕비를 조사할 무렵 스톰폴트와 몇 차례 접촉을 했는데 그 길을 이용하면 그들과 접촉할 수 있을 것 같네. 자네만 괜찮다면 스톰폴트에 의탁하는 것은 어떤가."

적국에 몸을 의탁하자는 말을 꺼내기가 쉽지 않았기에 하이젠버그 후작의 얼굴에는 식은땀이 가득했다.

"그리합시다."

메사드 백작은 순순히 그의 의견에 따르기로 했다.

자신이 마링겐 왕비를 너무 우습게 보았다.

왕궁에 숨어든 그 간악한 년을 쫓아내자면 스톰폴트뿐만 아니라 전 대륙의 힘을 빌려도 모자랄 듯했다.

하이젠버그 후작은 어느 으슥한 골목으로 일행을 안내했다.

그곳에 지저분하고 비쩍 마른 사내가 쭈그리고 앉아 있었다.

골목의 건달인가 했는데 그자가 갑자기 자리에서 일어나
더니 일행에게 다가왔다.

"따라오십시오."

그는 낮게 말하고는 어디론가 앞장섰다.

건달처럼 보이는 사내는 스톰폴트의 첩자였다.

스톰폴트는 훨씬 전부터 그들이 접촉해 오길 기다리고 있
었던 것이 분명했다.

메사드 백작은 첩자의 안내를 받아 주점으로 들어갔다.

귀족처럼 보이는 중년 사내가 두 명에, 어린애가 하나, 그
리고 건장한 기사가 줄줄이 주점 안으로 들어왔다.

주점과는 어울리지 않는 일행이 단체로 등장했음에도 술
을 홀짝이던 손님들은 그들을 향해 눈길 한번 주지 않았다.

주점 안의 모든 이들이 스톰폴트 측 사람인 것이다.

주점 주인이 비밀 문을 열고 지하의 비밀스러운 공간으로
그들을 안내했다.

"기다리고 있었습니다, 메사드 백작님. 저희들이 안전한
곳으로 피신시켜 드리겠습니다."

"경계가 삼엄한데 가능하겠는가?"

"시간이 약간 걸릴 것 같습니다."

사자왕의 추적이 굉장히 심한 모양인지 주점 주인의 얼굴
색이 심각했다.

그는 사람을 시켜 일행에게 음식과 쉴 장소를 제공했다.

도망자 생황을 하느라 지쳐 있던 그들에게 간신히 숨 돌릴 틈이 생겼다.

훌쩍훌쩍.

각자 휴식을 취하고 있는데 작게 울음소리가 흘러나왔다.

무라드 왕자가 참고 참았던 울음을 터뜨린 것이다.

사실 도주하는 동안에 울지 않은 것이 용할 정도이다.

하이젠버그 후작이 조심스레 다가가서 무라드 왕자를 다독여 주었다.

"왕자님, 조금만 더 참으십시오. 금방 왕비님을 만나뵐 수 있을 겁니다."

"흑흑, 어, 어머님은 어디 계세요? 어머님을 뵙고 싶어요."

"그분은 다른 루트로 무사히 대피하셨습니다. 저희들과 함께였다면 지독한 추격 때문에 무사히 탈출하지 못하셨을 것입니다. 전하께서도 왕비님이 무사하기를 바라시지요?"

그는 조곤조곤 무라드 왕자를 설득했다.

하지만 왕자는 아직 다섯 살 된 어린아이에 불과하다.

"어머님이 보고 싶어요. 어머님. 흐아앙."

무라드 왕자는 아예 하이젠버그 후작의 옷자락을 붙잡고 엉엉 울어댔다.

후작은 어찌할 바를 모르고 주위를 두리번거렸다.

귀족이고 사내인 그가 어린아이를 달래는 방법을 알 리 만무하다.

하지만 메사드 백작은 빤히 그 모습을 보고도 모르는 체했다.

외로움에 울먹이는 아이를 안쓰럽게 여길 만한 잔정이 그에게 존재할 리가 없다.

그나마 속정이 깊은 하이젠버그 후작만 손이 바빠졌다.

그는 식은땀을 뻘뻘 흘리며 반나절 만에 간신히 왕자를 잠재웠다.

"어이쿠, 이거 보통일이 아니구먼."

어느덧 무라드 왕자의 전담 보모가 되어버린 하이젠버그 후작이었다.

그가 허리를 두드리며 겨우 달콤한 휴식을 맛보려던 순간이다.

우당탕!

밖에서 희미하게 소란스러운 소리가 들려왔다.

일행이 몸을 숨기고 있는 장소는 지하실이다.

이곳까지 소리가 들릴 정도면 위에서 제법 큰 소란이 일어났다는 뜻이다.

메사드 백작이 인상을 쓰며 천장을 쳐다보았다.

"벌써 발각된 것인가."

“서, 설마…….”

하이젠버그 후작이 반사적으로 무라드 왕자를 데려와 꼭 끌어안고 불안한 표정을 지었다.

그때 주점 주인이 지하실 문을 거칠게 열어젖히고 뛰어들어 왔다.

불길한 예감이 맞아떨어진 것이 틀림없다.

“백작님, 이것부터 받으십시오! 자네들은 나와 함께 시간을 끌어줘야겠네!”

주인은 메사드 백작에게 횃불을 안겨주면서 그의 호위기사에게 손짓을 했다.

호위기사들은 주군을 위해 목숨을 걸어야 할 때가 왔음을 직감했다.

그들은 메사드 백작을 향해 고개를 숙였다.

“주군, 반드시 뜻한 바를 이루십시오!”

짧은 인사 후 그들은 지하실을 빠져나갔다.

메사드 백작은 굳은 얼굴로 기사들의 뒷모습을 지켜보았다.

그들이 일별하는 동안 주점 주인은 구석에 쌓여 있던 포대자루를 헤집었다.

자루를 전부 끄집어내자 그 아래에 작은 문이 나타났다.

메사드 백작은 성큼 비밀통로 안으로 들어갔다.

하이젠버그 후작이 무라드 왕자를 업고 뒤를 따랐다.

"백작님, 통로를 빠져나가면……!!"

와당탕!!

주점 주인이 통로 안으로 얼굴을 넣고 뭐라 말을 하려는 그때 바로 근처에서 뭔가 부서지는 소리가 났다.

적이 바로 코앞까지 온 것이다.

통로를 들킬 수는 없다.

주점 주인은 하던 말을 멈추고 즉시 통로 문을 닫았다.

비밀통로를 은폐시킨 후 그는 지하실 밖으로 뛰어나갔다.

메사드 백작의 호위기사들과 술집 종업원, 술꾼으로 위장하고 있던 스톰폴트의 첩자들이 사자왕의 병사들과 싸우고 있었다.

그도 품에 숨겨두었던 단도를 꺼내고 싸움에 뛰어들었다.

병사들을 베며 어느 정도 시간을 끌던 그는 상황을 보고 주점에 불을 질렀다.

주점이 불길에 휩싸인 시각, 메사드 백작 일행은 먼지투성이가 되어 비밀통로를 빠져나왔다.

도착한 곳은 나무가 우거진 깊은 숲 한가운데였다.

동굴을 벗어나긴 했지만 이곳이 어디쯤인지, 어디로 향해야 할지 알 수 없었다.

"허어, 이제 어떻게 해야 할지."

하이젠버그 후작이 나지막이 한탄을 했다.

그러나 메사드 백작은 바로 대답했다.

"북쪽으로 가야겠소. 행운이 닿으면 스톰폴트군을 만날 수 있을 거요."

"운이 안 따라주면?"

"적을 먼저 만나겠지."

호위도 다 죽어버리고 절망적인 상황이다.

그래도 메사드 백작은 움직이기 시작했다.

그는 숨이 끊어지기 직전까지도 결코 포기하지 않을 인간이다.

그들은 정처없이 숲을 헤매고 다녔다.

"훌쩍, 배고파요."

하이젠버그 후작의 등에 업힌 무라드 왕자가 작게 칭얼거렸다.

도망칠 때마다 두려움에 크게 울음을 터뜨릴 만도 한데 그리하진 않는다.

오랫동안 왕자를 업고 있느라 허리가 부서질 것 같이 아팠지만 애써 울음을 참는 왕자가 참 기특하여 하이젠버그 후작은 애써 미소를 지었다.

"금방 마을이 나타날 겁니다. 왕자님, 조금만 더 참아주십시오."

“흑.”

무라드 왕자도 하이젠버그 후작의 마음을 조금이나마 이해한 건지 그의 등을 꼭 끌어안았다.

두 사람이 대화를 나누는 동안 메사드 백작은 혼자 성큼성큼 앞장서 갔다.

수풀을 뒤지던 그가 갑자기 걸음을 멈췄다.

희미하게 반짝이는 모닥불 빛을 발견한 것이다.

혹시 산을 지나는 여행객인가.

그렇다면 식수나 여러 가지 도움을 받을 수 있을 것이다.

“어서 갑시다.”

그는 즉시 불빛을 향해 걸음을 옮겼다.

하이젠버그 후작도 힘든 줄 모르고 그의 뒤를 쫓았다.

예상대로 모닥불 앞에는 젊은 여행객 두 명이 쉬고 있었다.

“잠시 실례하지.”

메사드 백작은 여행객의 의사도 묻지 않고 자리에 앉았다.

비교적 점잖은 성격을 가진 하이젠버그 후작도 아무렇지도 않게 그 옆에 자리했다.

백작이고 후작인 그들이 평민의 의사 따윌 물을 이유가 없었다.

이제 갓 스무 살이나 되었을 것 같은 젊은 여행객이 와락 인상을 찡그렸다.

“무례한 놈들이군.”

메사드 백작은 얼굴을 굳혔다.

평민에게 ‘놈’이란 소리를 듣게 될 줄이야.

당장에 육시를 하라고 명하고 싶지만 지금 그에겐 명령을 수행할 수하가 하나도 없었다.

그렇다고 천민과 달라붙어 악다구니를 하는 것도 우스운 일이다.

“내 처지가 아주 비참하게 되었군. 목숨을 구원받은 줄 알아라.”

청년이 갑자기 자리에서 일어나더니 발로 모래를 부어서 모닥불을 꺼버렸다.

후드를 깊숙이 눌러쓴 다른 여행객이 당혹스런 음성으로 물었다.

“지금 뭐하는 거야?”

“재수 옴 붙었다. 다른 곳으로 자리를 옮기자.”

“이봐, 지금 이럴 때가…….”

“나는 경우를 모르는 놈들과는 한솥밥 안 먹는다.”

청년은 짐을 전부 싸서 횡하니 먼저 가버렸다.

덕분에 메사드 백작 일행은 아주 난감한 상황에 처했다.

그들은 모닥불을 지필 도구조차 가지고 있지 않았다.

천것들이 당연히 먹을 것과 잠잘 것을 바치리라 생각했지 이렇게 나올 줄은 상상도 하지 못했다.

"배, 백작."

하이젠버그 후작이 난감한 얼굴로 메사드 백작을 쳐다보았다.

여행객들은 조금 떨어진 곳에 새로 보금자리를 마련했다.

메사드 백작은 조용히 자리에서 일어나 그들에게 다가갔다.

"불과 먹을 것이 필요하다. 가진 것을 나누어다오."

청년이 그를 올려다보며 물었다.

"내가 왜 그리해야 하지?"

"보다시피 내겐 손발이 되어줄 수하가 하나도 없다. 너희들이 가진 것을 나눠 주지 않으면 오래 버티지 못할 테지. 이후에 내 시체라도 보게 되면 잠자리가 찜찜하지 않겠느냐?"

"네놈이 거기 죽어나자빠져도 나는 하나도 찜찜하지 않다."

두 사람 사이에 무슨 불꽃이라도 튀는 듯하다.

문득 메사드 백작은 묘한 느낌을 받았다.

어쩐지 상대가 자신을 유쾌하지 않은 존재로 여긴다는 느낌?

어쨌건 타협점은 없어 보였다.

산중에서 객사할지언정 평민 따위에게 고개를 숙일 생각

은 추호에도 없으니까.

"후작, 가십시다."

메사드 백작은 등을 휙 돌렸다.

그때 하이젠버그 후작이 여행자들에게 다가갔다.

그가 털썩 무릎을 꿇었다.

"도와주게! 우리는 어떻게 되도 상관없지만 이렇게 어린아이가 있다네!"

"후작!"

메사드 백작은 크게 놀랐다.

하이젠버그 후작 가문은 수백 년의 역사를 가진 유수의 명문가이고 위로 올라가면 왕실과도 혈연이 이어져 있다.

이처럼 명망 높은 귀족이 어떻게 평민 앞에서 무릎을 꿇을 생각을 할 수 있는가.

"무슨 짓이오! 명예를 저버릴 셈이오?"

메사드 백작이 더 보지 못하고 후작의 어깨를 붙들어 일으키려 했다.

그러나 하이젠버그 후작은 그 팔을 뿌리치고 언성을 높였다.

"왕자 전하께서 어찌 되도 좋단 말인가!! 그분은 아직 어린 아이란 말이네!!"

"……."

서슬 퍼런 모습에 메사드 백작은 손을 멈추었다.

그의 앞에서 하이젠버그 후작은 항상 기가 약한 초식동물 같은 사람이었다.

이렇게 큰소리를 치는 것은 처음 보았다.

"으흑, 으에엥!!"

큰소리가 오가자 무라드 왕자가 더 참지 못하고 울음을 터뜨리고 말았다.

하이젠버그 후작이 당황해서 왕자를 달래려고 애썼다.

하지만 이번에도 쉽게 아이를 진정시키지 못하고 허둥거리기만 했다.

그때 청년이 자리에서 일어나더니 후작의 품에서 왕자를 데려갔다.

"무, 무슨 짓을!"

부지불식간이라 무라드 왕자를 타인의 손에 빼앗겨 버리고 만 하이젠버그 후작이 몹시 당혹했다.

"애 보기는 내게 맡기고 모닥불로 가서 쉬시오."

청년은 안정된 자세로 무라드 왕자를 안고 등을 다독거렸다.

낮은 음성으로 무슨 말을 속삭이자 왕자는 조금씩 울음을 그치기 시작했다.

왕자를 돌보면서 청년은 차가운 눈빛으로 메사드 백작을

노려보았다.

"네놈은 저 후작이란 자의 덕을 본 줄 알아라."

메사드 백작은 새삼스럽게 청년의 얼굴을 살폈다.

그의 얼굴이 어쩐지 눈에 익었다.

하지만 일단은 모닥불 앞에 앉았다.

오랫동안 숲 속을 헤매느라 몸이 너무나 지쳤다.

하이젠버그 후작도 자리에 앉았으나 혹시 청년이 무라드 왕자에게 몹쓸 짓이라도 할까 봐 연신 불안하게 바라보았다.

하지만 무라드 왕자는 청년의 품에서 어느덧 편안하게 잠들었다.

후드를 쓴 다른 청년도 그 능숙함이 의외인지 혀를 내둘렀다.

"거참, 사내 녀석이 무슨 애보기를 그렇게 잘하냐."

"어디 애보기뿐이겠느냐. 요리, 빨래, 청소도 발군이다."

"못하는 거 없어서 좋겠다."

두 사람이 서로 이야기를 나누는 동안 메사드 백작은 다시금 그들을 자세히 살펴보았다.

청년뿐 아니라 후드를 쓴 청년까지도 낯이 익었다.

몸의 피로가 조금 풀린 후에야 조금씩 머리가 돌아가기가 시작했다.

그는 드디어 여행객들의 정체를 깨달았다.

"왜 그러시오, 백작?"

하이젠버그 후작이 백작의 이상함을 깨닫고 말을 걸었다.

메사드 백작은 손을 저으며 중얼거렸다.

"잠깐. 도대체 상황 파악이 안 되는군. 내 짐작이 맞는다면 그쪽은 테오발트 폰 베르그이젤이 아닌가?"

그 말을 듣는 순간 하이젠버그 후작도 상대의 정체를 깨달았다.

단 한 번밖에 보지 못해서 깨닫지 못했는데, 확실히 왕궁의 신년무도회에서 그를 본 적이 있다.

검은 머리칼을 가진 청년, 그는 확실히 베르그이젤의 마지막 후손이다.

테오발트는 스톰폴트의 중요 인물이었다. 그가 호위 하나만 달랑 데리고 이런 곳을 돌아다닐 리가 없다.

다시 말해 근방에 스톰폴트 대군이 대기 중이란 뜻.

"스톰폴트가 벌써 수도까지 치달았단 말인가? 어떻게 하루 이틀 새에 그런 일이? 정보체계에 문제가 있었던 것인가?"

하이젠버그 후작이 혼란스러운 얼굴로 말했다.

메사드 백작의 얼굴도 굳었다.

마링겐 왕비를 추방하는 데 실패하고 스톰폴트에 의탁하기로 마음을 굳힌 상태지만, 그래도 조국이 벌써 적군에게 포위됐다는 말을 들으니 가슴이 싸했다.

"스톰폴트군은 중부 전선에서 대기 중이다. 허둥대던 초반과 달리 둠 왕국군의 저항이 점점 심해지면서 진군이 지연되고 있다. 이곳에는 나와 저 녀석 단둘뿐이다."

테오발트는 어깨 위에 앉아 있는 다람쥐의 목을 쓰다듬으며 말했다.

발치에 앉아 있던 점박이 강아지가 자신도 쓰다듬어 달라며 애교를 피웠다.

테오발트는 가볍게 웃으며 강아지의 머리 위에 손을 얹었다.

적진 가운데에 달랑 호위 하나 데려왔으면서 그의 태도가 이상할 정도로 여유롭다.

도대체 여기에 개는 왜 데려온 건가?

의심에 의심이 꼬리를 문다.

그러다 메사드 백작은 호위라고 생각했던 청년의 얼굴을 자세히 살폈다.

이쪽도 볼수록 낯이 익은 얼굴이었기 때문이다.

"레논 이글아이!!"

"레논 경? 아아, 어쩐지 익숙하더라니."

갑자기 벼락처럼 메사드 백작이 외쳤고, 하이젠버그 후작도 탄성을 질렀다.

비록 레논을 직접 만나본 적은 없으나 용모파기를 통해 어느 정도 얼굴을 익히고 있었다.

레논 이글아이는 소드 마스터이며 용의 분신이라고 알려져 있다.

만약에 그 소문이 사실이라면 테오발트가 혼자서 적진의 수도 한가운데까지 온 것도 납득은 된다.

"용이라고?"

메사드 백작은 코웃음을 쳤다.

인간의 지각을 초월한 용의 존재 따위, 마음에 들지도 않고 믿고 싶지도 않다.

그런 건 전설 속에 존재하는 것만으로도 충분했다.

하이젠버그 후작은 약간 흥미를 느끼며 레논의 얼굴을 살폈다.

정말로 그가 용의 현신인지 알고 싶은 것이다.

레논은 미소를 지으며 수통과 육포를 건네주었다.

"일단 식사부터 하십시오. 이야기는 그 후에 합시다."

그렇지 않아도 몹시 허기가 졌다.

메사드 백작도 하이젠버그 후작도 레논의 의견에 반대하지 않고 일단 식사에 집중했다.

식사가 끝난 후 메사드 백작은 즉시 본론으로 들어갔다.

"스톰폴트에 의탁하기로 결정했으니 즉시 안내를 부탁하겠다. 둠 왕국군의 저항이 생각보다 심해서 진군이 지연되고 있다고 들었다. 내가 그 문제를 해결해 주지. 내 가치를 증명해 보이겠다."

마침 무라드 왕자를 눕히고 테오발트가 자리로 되돌아왔다.

그는 이야기를 듣자마자 피식 웃음을 터뜨렸다.

메사드 백작은 그 웃음의 진의를 파악할 수 없어 눈을 가늘게 찡그렸다.

"혈기왕성하군. 반역에 실패하고 도주하는 몸이면서 자신감이 넘쳐."

테오발트는 느긋하게 말하며 모닥불에 시선을 주었다.

강아지가 다가와서 배를 뒤집고 장난을 걸었다.

타닥타닥.

장작이 타는 소리만 요란하다.

짧은 대화가 끊기고 침묵이 이어졌다.

테오발트가 시선을 돌렸으나 메사드 백작은 계속 그를 응시하고 있었다.

불쑥 그가 정적을 깼다.

"나는 네 원수이기도 하다. 마링겐 왕비가 베르그이젤을 멸문시킬 때 내가 한 손 거들었다는 것을 모를 리가 없으리라 생각한다. 어떻게 할 생각인가? 원수를 갚겠는가. 아니면 대의를 위해 사사로운 원한을 덮을 것인가?"

"……."

테오발트는 점박이 개와 손장난을 칠 뿐 딱히 이렇다 대답을 주지 않았다.

메사드 백작은 굳이 대답을 촉구하진 않았다.

어차피 테오발트가 원한 따위 모두 잊었다고 대답했어도 그는 믿지 않았을 것이다.

테오발트는 모닥불 앞에서 만났을 때부터 그에게 은근히 적의를 표해왔다.

그 일이 없었더라도 메사드 백작은 원래 사람을 잘 믿지 않았다.

지금은 진심으로 용서했더라도 어떤 사소한 계기에 의해 불쑥불쑥 원한이 튀어나온다.

인간의 감정이란 본디 그러한 것.

그런 불안한 믿음에 기댈 수는 없다.

그는 눈을 내리깔고 어떻게 행동해야 좋을지 미래를 타진해 보았다.

다음날 아침 해가 뜨자마자 일행은 갈 길을 재촉했다.

테오발트가 팔을 내밀자 근처 나무에서 놀던 다람쥐가 손등 위로 얼른 뛰어올랐다.

그는 군견도 아니고 동네 꼬마들이 데리고 놀 법한 점박이 강아지를 옆에 세우고 느긋하게 걸음을 옮겼다.

그 태도가 가까운 산에 나들이라도 나온 듯한 느낌이다.

제아무리 용의 가호가 있다지만 너무 나태한 태도가 아닌가.

이렇게 미적거리다가는 추적자와 금방 마주치게 될 것이다.

메사드 백작은 얼굴을 굳혔다.

나태한 태도로 일관하는 테오발트도, 용이랍시고 여유를 부리는 레논도 마뜩치 않았다.

얼마 안 가 메사드 그의 우려는 현실이 되었다.

메사드 백작의 도주 경로를 전해들은 병사들이 길목을 지키고 있다가 모습을 드러냈다.

삐익삐익.

첫 발견자가 피리로 신호를 보냈고 멀리서 병사들이 계속해서 모여들기 시작했다.

그들은 어린애와 노인을 포함하여 다섯 명이고, 적병은 얼핏 봐도 백 이상이다.

"레, 레논 성."

하이젠버그 후작이 무라드 왕자를 안고서 체면불고하고 레논의 뒤로 피했다.

메사드 백작도 레논을 바라보았다.

용이란 존재가 마뜩치 않지만 그래도 지금 믿을 건 그것뿐이다.

그러나 레논은 용의 힘을 드러낼 생각은 않고 평범하게 검을 꺼냈다.

물론 소드 마스터의 힘은 아주 강력하다.

하지만 그 힘이 아무리 강해도 저 많은 수의 병사들을 전부 상대하기는 버거울 터.

어째서 본신을 드러내지 않는가?

"꿈 깨라. 용이 힘없는 인간을 상대로 힘을 사용할 것이라고 생각하는가. 차라리 비루한 육신을 버리고 죽음을 택하고 말겠다."

테오발트가 조소를 흘렸다.

메사드 백작이 와락 인상을 썼다.

"지금 남을 비웃을 처지인가. 그렇다면 너는 뭘 믿고 적진 한가운데까지 왔단 말이냐!"

테오발트는 홀로 수십 명이 넘는 병사들 앞으로 나섰다.

발걸음에 두려움이나 망설임 따윈 조금도 보이지 않는다.

"내가 원하여 행하지 못할 일이 없다."

어깨 위에 올라앉아 있던 다람쥐가 폴짝 바닥으로 뛰어내렸다.

부우욱!

갑자기 가죽이 터지는 소리가 나며 작은 몸이 커다란 멧돼지만큼 부풀어 올랐다.

점박이 강아지도 전신이 검게 변하고 원래보다 열 배 이상 몸집이 커졌다.

마물로 변한 두 짐승이 병사들을 물어뜯기 시작했다.

"허억! 저, 저건 뭐야?!"

하이젠버그 후작은 기겁한 나머지 무라드 왕자를 끌어안고 바닥에 주저앉고 말았다.

메사드 백작도 안색이 하얗게 질렸다.

어째서 테오발트가 사악한 마물을 부린단 말인가!

영웅일가의 마지막 후손조차, 스톰폴트 왕국조차 마에 물들어 있었던 건가!

마물들은 신나게 사방을 휘저으며 병사들을 가볍게 물어뜯고 유린했다.

일개 병사들이 앞발로 거목을 뽑고 땅거죽을 뒤엎는 마물의 상대가 될 리 만무했다.

병사들이 전부 쓰러지는 것은 순식간이었다.

"으윽!"

"크으으!"

온 숲에 병사들의 신음소리가 가득했다.

주춤주춤 뒤로 물러나던 메사드 백작은 문득 이질감을 느졌다.

그렇다, 병사들이 신음을 흘리고 있다.

저마다 상처를 하나씩 입고 끙끙대고 있지만 자세히 살펴보면 죽은 자는 하나도 없다.

두 마물이 아쉬운 듯 상처 입은 병사들을 앞에 두고 입맛을 다셨다.

"거기까지."

테오발트의 엄중한 경고에 두 마리가 서둘러 그의 앞으로 되돌아왔다.

이내 그들은 작은 다람쥐와 점박이 강아지의 모습으로 형태를 바뀌었다.

메사드 백작은 도무지 상황을 파악할 수가 없었다.

테오발트가 상처 입은 병사들을 내려다보며 말했다.

"너희들을 죽이는 일은 너무 쉽다. 세상을 멸망시켜 버리는 것도 하품이 나올 만큼 쉽지."

그는 잠시 말을 멈추었다.

쓴웃음이 흘러나왔다.

"하지만 몇 번이고 용서해 주마. 너희들은 때때로 나를 참을 수 없이 화가 나게 만들지만, 그럼에도 나는 여전히 세상의 나약한 미물들을 사랑스럽게 여긴다. 수없이 실망하고 분노하면서도 나는 결국 너희들의 곁으로 돌아올 수밖에 없다.”

“…….”

메사드 백작은 그것이 자신을 향한 말이기도 하다는 것을 깨달았다.

겁도 없이 자신을 향해 칼을 빼 든 무엄한 병사들을 살려주 었듯이, 베르그이젤을 멸망시키는 데 일조한 그도 용서해 주 겠다고 한 것이다.

일행은 다시 걸음을 재촉했다.

메사드 백작은 테오발트의 등을 응시했다.

어쩐지 테오발트가 말한 것이 허세로 느껴지지 않았다.

이상한 압도감.

메사드 백작은 무슨 일이 있어도 테오발트만큼은 적으로 삼지 않기로 결심했다.

그는 타인을 믿지는 않지만 자신의 감은 상당히 신뢰했다.

불현듯 사자왕의 말이 떠오른다.

사자왕은 베르그이젤을 찾아가라고 했다.

그는 처음부터 테오발트의 정체를 알고 있었던 것일까?

아직 베르그이셀 백삭가가 건재할 무렵, 풋풋한 얼굴로 왕 궁연회에 참석했던 그때부터?

“메사드 백작은 더 이상 허튼 생각을 하지 않겠군.”

레논이 말하자 테오발트는 고개를 저었다.

"저 녀석은 욕망의 화신이다. 얌전히 앉아 있을 인간은 절대 못되지."

"흐음, 그건 곤란한데."

"곤란하다고?"

"당연하지. 저자가 쓸데없는 짓을 해서 스톰폴트에 해가 되면 곤란해."

"인간 같은 말을 하는군. 그래 봤자 결국 너는 용인 것을."

레논의 얼굴이 살짝 굳었다.

테오발트의 말이 맞다.

용이라는 것을 자각하게 된 이상 그는 스톰폴트의 이익만 생각하고 움직일 수는 없게 되었다.

"그리고 한 가지 충고를 하지. 목숨을 중히 여기는 게 좋을 거다. 네가 죽으면 내 피를 먹여 마족으로 만들 테니까."

"뭐, 뭐라?"

갑작스런 말에 레논은 기겁을 했다.

"홀베크와 레티치아가 죽었을 때, 녀석들을 되살려내고 싶은 충동을 정말 간신히 억눌렀다. 두 번은 참을 수 없다. 이번에는 반드시 마족으로 만들어 되살려낼 것이다."

"뭐, 뭐? 이봐, 너무 네 멋대로 아니냐? 내 입장은!!"

"나는 원래 내 멋대로 한다."

레논은 기가 막혀 입을 뻥긋거렸다.

하기야 불사왕은 원래 그렇게 제멋대로다.

대대로 용들은 그를 자연재해와 비슷한 존재로 인식해 왔다.

"용은 생전에 수명이 길기 때문인지 마족이 되어서도 영혼이 쉽게 삭지 않는다. 같은 만년장로지만 호운과 적무연이 영혼의 수명이 다하여 사라진 데 비해 흑룡왕 엘더는 여전히 건재한 것이 그 증거다. 용의 화신인 네가 마족이 된다면 아마 다른 개체보다 훨씬 긴 기간을 생존하겠지. 내가 또 한 번 고독에 미쳐 날뛰기 전에 네 녀석이 세상의 평화를 위해 한 몸 희생하도록 해라."

"뭐라고!"

레논은 다시금 입을 뻥긋댔다.

조금 전에는 기가 막혀서, 이제는 빠져나가기 힘든 이유를 들었기 때문이다.

그는 본디 세상의 안정을 중시 여기는 신성한 용.

불사왕의 폭주를 막기 위해서라면 제 한 몸 희생하는 수밖에 없다.

아니 그런데 정말로 산 것의 고혈을 빨아먹고 사는 마족이 되어야 한단 말이냐!

레논은 머리를 감싸 쥐었다.

숲길을 걸은 지 사흘이 지났다.

"혹시 추적을 포기한 건가?"

하이젠버그 후작이 뒤를 돌아보다가 조심스럽게 의견을 내놓았다.

첫 번째 습격 이후 사자왕의 추적대가 계속해서 나타났지만 테오발트가 거느린 마수들에게 족족 쓰러지고 말았다.

그렇게 며칠이 지나자 갑자기 추적이 뚝 끊겼다.

일행은 나흘 동안 적병을 만나지 못했다.

"스톰폴트군과 합류하기 전에는 안심하지 않는 것이 좋겠지."

메사드 백작이 고개를 저었다.

하지만 그도 어느 정도 마음을 놓고 있었다.

테오발트가 거느리고 있는 마수의 힘을 믿고 있기 때문이다.

여차하면 레논도 나서지 않겠는가.

"저기 봐. 마을이다!"

레논이 산 아래를 가리켰다.

다들 연일 이어진 노숙에 지쳐 있었기에 마을이 있다는 말에 화색을 보였다.

나무방책으로 둘러싸인 작은 화전민 마을이 보였다.

산을 내려가는 일행의 걸음이 평소보다 빠르다.

이윽고 마을 앞에 도착했다.

일행은 조잡하게 만들어진 방책을 둘러보았다.

왕국 곳곳에 출몰 중인 마물을 막기 위해 마을 사람들이 급하게 만든 것으로 보였다.

그런데 가만 보니 방책의 곳곳이 망가져 있다.

혹시 마물의 공격을 받았던 걸까?

"큰 마물이 나타났다면 이깟 방책 따윈 부서지는 정도가 아니라 아예 뽑혀져 나갔을 테지. 불행 중 다행으로 마을을 습격한 놈은 작은 놈인 것 같군. 피해가 심하지 않아야 할 텐데."

메사드 백작이 눈살을 찌푸리며 중얼거렸다.

그 말에 하이젠버그 후작이 반색을 했다.

"자네도 고생을 하다 보니 독기가 조금 누그러졌나 보군. 저런 무지렁이들을 걱정도 해주고 말일세."

메사드 백작이 와락 인상을 썼다.

"멍청한 소리 작작 하시오. 실제로 마물의 습격에 대처하시 못하고 사라지는 마을이 속출하고 있소. 이런 식으로 마을이 하나둘씩 전멸당하면 세금은 어디서 거둔단 말이오!"

"아, 허허. 그, 그렇군."

하이젠버그 후작이 민망한 얼굴로 더듬거렸다.

테오발트가 고개를 저으며 말했다.

"안타깝게도 생각보다 피해가 심한 것 같다."

방책 입구가 망가져서 덜렁거리고 있으며 그 아래에 마물의 발자국이 어지럽게 찍혀 있다.

입구 근처를 경계를 하는 자가 있을 법도 한데 인기척이 없다.

사람들의 표정이 심각해졌다.

그들은 마을 안으로 들어갔다.

인적이 전혀 없다.

마을 중심부로 걸어 들어갈 때까지 누구도 만날 수 없었다.

"이런 실수를!"

그때 레논이 검을 움켜쥐며 외쳤다.

방심하고 있다가 뒤늦게 적에게 포위된 사실을 깨달은 것이다.

핑핑핑!

지붕 위에 몸을 숨기고 있던 자들이 화살을 쏘았다.

일행의 머리 위로 수백 개의 화살비가 쏟아졌다.

그때 레논이 제자리에서 땅을 강하게 굴렀다.

콰앙!

땅이 반 뼘 정도 파였다.

발에서 시작된 오라가 전신을 휘감으며 올라와 검에 머물렀다.

오라가 검을 중심으로 맹렬하게 회전하고 있다.

레논은 검을 크게 휘둘렀다.

오라가 회오리치며 방어막을 형성하여 화살을 전부 떨쳐 냈다.

"허억!"

온몸으로 무라드 왕자를 보호하던 하이젠버그 후작이 뒤늦게 숨을 토했다.

엄폐물이 전혀 없는 장소에서 수백 개의 화살 공격에 노출됐다.

그는 순간적으로 모든 게 끝이라고 생각했다.

설마 이런 방법으로 수백 개의 화살을 쳐낼 수 있을 거라곤 생각 못했다.

"과, 과연 소드 마스터요."

하이젠버그 후작이 감탄했다.

메사드 백작도 낮게 한숨을 토하더니 레논에게 눈짓으로 감사를 표했다.

그러나 레논은 내심 부끄럽게 여기고 있었다.

마스터씩이나 돼서 주위에 인간이 저렇게 많이 숨어 있는데도 전혀 눈치채지 못한 것이다.

마물의 기척에만 집중하는 바람에 미처 병사의 기척을 감지하질 못했다.

쾅당!

민가의 문을 부수고 병사들이 쏟아져 나왔다.

길목을 병사들이 모조리 가로막았다.

레논은 주위를 둘러보다가 병사들을 향해 물었다.

"마을 주민들은 어떻게 했지?"

아무리 기감을 넓혀보아도 병사들의 기척 외에 다른 것은 느껴지지 않는다.

전투가 있을 것을 예상하여 주민들을 다른 곳으로 옮긴 걸까?

"반역자를 유인하기 위해서다. 다소의 희생은 감안해야지."

추격대 책임자 오거스가 말을 몰고 나왔다.

그의 말에 레논은 눈을 크게 뜨고 주변을 다시 살펴보았다.

반쯤 부서진 민가 안에서 시체들이 발견되었다.

"맙소사!"

레논은 이를 으득 깨물었다.

사자왕의 병사들은 메사드 백작을 포함한 반역자 일당을 잡는 데 매번 실패하자 작전을 바꾸어 반역자들이 지나갈 것이라고 예상되는 마을에서 매복을 하기로 결정했다.

그들은 일단 마을을 점령한 다음 식량을 빼앗아 보급을 채

우고 여자들을 강제로 끌고 와서 피로를 풀었다.

마을 사람들이 반발한 것은 당연한 수순이다.

주위가 시끄러워지자 책임자 오거스는 마을 사람들을 몰살시키기로 결정했다.

조금이라도 반감을 품은 마을주민이 반역자 일행에게 미리 정보를 제공하면 낭패이기 때문이다.

힘없는 마을 사람들은 무참히 죽임을 당했다.

주민들이 전멸하자 병사들은 마물의 습격으로 마을이 전멸한 것처럼 꾸미고 집 안으로 들어가 몸을 숨겼다.

적을 사로잡을 가장 이상적인 장소로 유인하기 위해서.

백여 명에 이르는 마을 사람들이 단지 그런 이유 때문에 학살당한 것이다.

"이런 짓까지 하는 건가. 뭐 사자왕은 베르그이젤의 모든 주민을 몰살시킨 적도 있으니."

메사드 백작이 불쾌한 표정으로 말했다.

그는 베르그이젤 백작 가문의 몰락을 도운 적이 있다.

하지만 성 자체를 불태우고 영주민을 몰살시키는 데 동의하지는 않았다.

백성은 곧 세금, 귀족의 생활 기반이다.

그걸 싸그리 불태우다니 미친놈이나 할 법한 짓이다.

"살생을 최대한 자제하고 있으나 이번만큼은 그럴 필요가 없을 것 같군.”

테오발트가 어깨에 앉은 다람쥐를 바닥에 던졌다.

다람쥐는 한 바퀴 빙그르 돌아 안전하게 착지했고, 땅에 발이 닿자마자 몸이 열 배로 부풀어 올라 괴수의 형태를 갖췄다.

점박이 개도 순식간에 마물로 변해 으르렁거렸다.

이제까지 추적병들은 두 마리의 마물에게 계속해서 당해 왔다.

덕분에 두 마리에 대한 정보는 어느 정도 수집되어 있는 상태였다.

“또 그놈들이군. 이번에는 우리 쪽에도 대책이 있다.”

오거스가 손짓을 하자 병사들이 쇠사슬에 묶인 짐승을 열 마리 정도 끌고 나왔다.

아니, 짐승이 아니라 마법사의 실험으로 이지를 잃은 수인족이었다.

크르릉!!

수인족이 침을 줄줄 흘리며 몸을 뒤틀었다.

“각오해라! 더 이상 네놈들 마음대로 도망치지 못한다!”

오거스가 엄포를 놓자마자 수인족들이 쇠사슬에서 풀려났다.

그들은 다람쥐와 개 마물에게 달려들었고 서로 뒤엉켜 싸움이 벌어졌다.

"죽여라!!"

두 마리가 수인족에게 발목이 잡혀 있는 동안 병사들이 일제히 창을 들고 돌진하기 시작했다.

레논이 아무리 소드 마스터라 할지라도 이 수를 전부 감당하기는 힘들다.

사람을 보호하면서 싸워야 한다면 더더욱 역부족.

"어, 어떻게든 해보시오!!"

하이젠버그 후작이 무라드 왕자를 꽉 끌어안고 외쳤다.

어린아이가 있다는 것을 안 병사들이 일부러 하이젠버그 후작을 노렸다.

레논은 병사들을 베어 넘기며 그를 보호하려 했으나 수가 워낙 많아 여의치가 않았다.

그는 더 버티지 못하고 소리쳤다.

"이봐, 테오발트! 언제까지 쳐다만 볼 거냐! 어떻게 좀 해봐!"

"아직은 내가 나설 순번이 아닌 듯하다."

테오발트는 알 수 없는 소리를 하며 여전히 딴청을 부렸다.

그때였다.

번쩍!

어디선가 백색 빛줄기가 날아와 병사들의 등에 작렬했다.

"크악!"

갑작스런 공격에 병사들이 비명을 지르며 쓰러졌다.

"어떤 놈이냐!!"

오거스가 벼락같이 소리를 질렀다.

이곳은 둠 왕국 영토 한복판이다.

스톰폴트군은 아직 먼 곳에 있어 손을 쓰기 힘들다.

원군을 보내는 것은 불가능했을 터.

대체 어떤 놈이 감히 국왕의 병사들에게 검을 겨눈단 말인가.

"도와드리겠소!!"

테오발트 일행을 돕고 나선 자들은 다름 아닌 사제들이었다.

회색 사제복을 입은 이들 백여 명이 병사들을 공격하고 있었다.

"그 복색은 물과 정화의 신전이군! 이게 무슨 짓이냐!"

오거스가 뒤늦게 상대의 정체를 파악하고 외쳤다.

그때 회색 로브를 깊이 눌러쓴 노인이 그의 질문에 답했다.

"사자왕은 여전히 자신의 백성을 함부로 대하는군. 머지않아 죗값을 치르게 될 것이다."

"헛소리 마라! 대업을 위해 천것들 몇 놈 희생하는 것이 무슨 큰 죄란 말이냐!"

오거스가 큰소리를 쳤다.

진심으로 죄가 아니라고 생각하는 것이 가장 큰 문제였다.

로브를 입은 자가 혀를 찼다.

갑자기 나타난 사제들이 합세함으로써 전세가 완전히 바뀌었다.

레논은 당황한 병사들을 베어버리기 시작했다.

"타하!!"

그는 크게 기합을 내지르며 일부러 오라 블레이드를 더욱 위압적으로 부풀렸다.

어차피 병사들은 평범한 사람에 불과하다.

한번 기세에 눌리고 소드 마스터의 압도적인 무위를 보자 검을 놓고 도망치는 자들마저 나타났다.

"흐음."

테오발트는 전장을 가만히 주시했다.

크르릉!

캬앙!

병사들 간의 싸움은 어느 정도 승패가 기울고 있었으나 마물과 수인족 간의 싸움은 아직 정리되지 않고 있었다.

두 마리의 마수와 수인족이 마구 뒤엉켜 구르다가 잠깐 떨어지며 뒤로 물러났다.

그때 회색 로브의 노인이 끼어들었다.

그가 양손을 앞으로 펼치자 신성력이 쏟아져 나왔다.

햇살처럼 부드러웠으나 그 안에 담긴 힘은 결코 약하지 않았다.

다른 사제들이 뿌리고 있는 빛줄기와는 감히 비교를 불허할 정도의 막대한 신성력!

테오발트를 따르는 마물 두 마리는 털을 바짝 세우고 재빨리 뒤로 물러났다.

그러나 수인족들은 빛을 뒤집어쓰고 말았고, 목을 쥐고 괴성을 질렀다.

꿰에엑!!

그들이 검은 피를 끝없이 토하다가 하나둘씩 쓰러졌다.

마지막 하나까지 모두 쓰러지자 로브를 쓴 노인은 수인족의 시체 앞으로 다가갔다.

그는 시체 위에 손을 얹고 조용히 명복을 빌었다.

"퇴, 퇴각이다!!"

상황이 불리하게 진행되는 것을 보고 오거스가 소리 질렀다.

그는 가장 먼저 말머리를 돌려 도망가기 시작했다.

"저놈이!!"

저만치 달아나는 오거스를 보며 레논이 이를 악 깨물었다.

다른 놈은 다 놓아주더라도 저놈만은 반드시 잡아 죽일 생각이었는데 한발 늦고 말았다.

그때 테오발트가 검을 뽑아 힘껏 집어 던졌다.

검이 허공을 가르고 날아가 정확히 오거스의 오른쪽 어깨에 틀어박혔다.

"크악!"

그는 비명을 지르며 말에서 나가떨어지고 말았다.

낙마의 충격으로 갈비뼈에 금이라도 간 것일까.

그는 칼이 박힌 어깨보다 가슴을 움켜쥐고 비명을 질렀다.

히이잉!!

주인을 잃은 군마가 흥분하여 울어댔다.

테오발트는 말의 등을 두드려 진정시킨 다음 멀리 보내주었다.

"크윽, 대체."

테오발트의 모습을 보고 오거스는 인상을 찡그렸다.

멀찍이 떨어져 있던 그가 어느새 여기까지 온 것인가.

그때 테오발트가 그의 등을 짓밟고 어깨에 박힌 검을 뽑아들었다.

"그아익!!"

그는 찢어질 듯 비명을 질렀다.

하지만 이내 이어질 일을 생각하니 비명만 지르고 있을 수가 없었다.

그는 헐떡거리면서 다급히 테오발트를 올려다보고 사정했다.

"사, 살려주시오!!"

테오발트는 잠시 움직임을 멈추고 그를 내려다보았다.

그는 고개를 끄덕였다.

"흐음, 좋다. 마지막으로 발언할 기회를 주지. 내 마음에 드는 대답을 한다면 살려줄 수도 있다. 하지만 대답이 마음에 들지 않는다면 네 녀석은 끔찍한 고통을 겪을 것이다."

오거스는 황급히 고개를 끄덕이며 말했다.

"목숨을 살려준다면 원하는 대로 정보를 알려주겠소!!"

"죄 없는 사람을 죽이는 데 전혀 거리낌이 없고, 군주를 배반하는 것도 자유자재로군. 나를 실망시킬 줄 알았다."

테오발트가 실소를 터뜨리며 오거스의 한쪽 팔을 잘랐다.

"크아악!!"

팔뚝이 땅에 떨어졌고 피가 쏟아졌다.

오거스는 비명을 지르면서도 남은 팔로 땅을 짚으며 엉금엉금 기어갔다.

테오발트는 천천히 그 뒤를 따라가 남은 팔뚝 위에 검을 꽂았다.

"흐이익! 으아악!!"

그의 비명이 하늘까지 쩌렁쩌렁 울렸다.

칼을 비틀어 뽑자 남은 팔마저 떨어져 나갔다.

병사들이 그 모습을 보고 사색이 되어 죽을힘을 다해 도망쳤다.

테오발트는 굳이 병사들까지 어찌할 생각은 없었다.

"네가 마을 사람들에게 한 짓을 생각해 보아라. 그러면 억울함이 많이 줄어들 것이다."

테오발트는 천천히 검을 그었다.

다리의 근육과 힘줄다발이 끊어졌다.

"어차피 죽은 자는 되돌아오지 않소. 복수는 그 정도로 하고 단번에 숨을 끊어버리시오."

그때 로브를 쓴 노인이 테오발트를 저지하고 나섰다.

테오발트는 고개를 들어 남자를 응시했다.

잠시 후 테오발트는 오거스의 머리를 단번에 잘라냈다.

"아마 마을 사람들은 더욱 참혹한 복수를 원할 테지만. 그래, 내 쪽에서 더 이상 피를 보기가 마뜩치 않군."

테오발트는 검을 갈무리했다.

사태가 일단락되자 레논과 메사드 백작, 일행의 관심은 갑자기 나타난 사세들에게 보였다.

"물과 정화의 신전은 여전히 스톰폴트와 관계가 좋지 않은데, 이게 어찌 된 일입니까?"

레논이 대표로 물었다.

테오발트는 로브를 뒤집어쓴 노인에게 시선을 주었다.

"그 정도 신성력을 발휘하자면 보통 권위가 아니고서는 불가능할 터."

그제야 정체불명의 인물이 망토를 벗고 자신의 얼굴을 드러냈다.

회색 머리칼의 노인, 그는 다름 아닌 물과 정화의 신전을 이끄는 헤문 교황이었다.

"미안하오. 일단 비공식적인 일정이기에."

헤문 교황은 망토로 얼굴을 가린 이유를 밝혔다.

간단한 소개를 끝마친 뒤 그는 갑자기 테오발트를 노려보았다.

"그대는 나를 보고도 전혀 놀라지 않는군."

"내가 왜 놀라야 하는가?"

테오발트는 태연히 되물었다.

"그래, 오히려 내가 더 놀랐네. 내게 정체를 들켰으면서도 아직까지도 태연하게 스톰폴트에 눌러앉아 있다니 말이야."

"내가 스톰폴트에 머물지 못할 이유는 또 무엇인가?"

테오발트는 다시 되물었다.

교황이 테오발트를 경계하자 일행은 영문을 몰라 했다.

문득 레논의 머릿속에 떠오르는 것이 있었다.

과거에 테오발트가 신분을 숨기고 물과 정화의 신전에 잠입한 일이 있다.

그때 큰 사단이 있었다고 들었다.

레논이 얼른 중재에 나섰다.

"교황 예하, 테오발트가 신분을 숨기고 신전에 잠입한 일 때문이라면, 그건 어쩔 수가 없는 일이었습니다. 교황께서는 성직자답게 너그러운 태도를 보여주시길 바랍니다."

"내가 그를 경계하는 것은 그것 때문이 아니오."

헤문 교황은 그 자리에 있는 모든 이들을 한 명씩 돌아보았다.

한참 만에야 그가 입을 열었다.

"내가 그를 경계하는 것은 그의 정체가 불사왕이기 때문이오."

테오발트는 신전에서 스스로 정체를 밝힌 바가 있다.

그의 정체가 공개적으로 밝혀지자 레논은 내심 당황했다.

반면 하이젠버그 후작은 어이없다는 표정을 지었다.

"무슨 소립니까. 신의 사자는 아닐지 몰라도, 그는 베르그이젤의 핏줄이며 얼음 성검 브룬힐트의 후계자입니다. 그가 싱검을 나투는 모습이 수차례 목격된 바 있습니다."

"다 좋게 넘어간다 해도, 불사왕이라니! 이렇게 뜬금없어서야."

메사드 백작조차 실소를 터뜨렸다.

물론 마족이 출몰하고 있으니 마족들의 왕도 나타날 수 있다.

하지만 적어도 테오발트가 불사왕일 리 없다고 확신했다.

마물을 부리기도 하고 패도적인 면도 있지만, 그래도 테오발트는 결코 사악하지 않다.

그게 불사왕, 마족의 왕이 아니라는 결정적인 증거다.

두 사람의 반응에 레논은 오히려 안심했다.

이들이 이런 식이니 다른 사람들이 헤문 교황의 이야기를 들어도 비슷한 반응을 보일 것이다.

"이제 와서 그런 말을 하는 이유가 무엇인가."

불사왕이 언급되며 분위기가 뒤숭숭해졌으나 정작 테오발트는 태연했다.

헤문 교황은 혼란스러운 표정을 지었다.

그는 테오발트의 정체를 알게 된 뒤 오랫동안 고뇌했다.

교황은 하이젠버그 후작이 제시한 반론에 수긍했다.

"그렇소. 그는 얼음 성검의 후계자이며, 본인은 그가 성검을 사용하는 광경을 직접 목격한 적도 있소. 그리고 신전에 마족이 나타났을 때 그는 줄란 사제와 사람들을 지키려고 했지. 마의 정점인 불사왕이 어째서 그런 짓을 했을까. 모든 것이 나를 현혹시키기 위한 술수였던가."

헤문 교황은 깊이 한숨을 토했다.

"…오래 고심을 한 끝에 내린 결론은 도저히 나의 힘으로
는 자네를 판단할 수가 없다는 것이었소. 하여 보다 지혜로운
분께 판단을 맡기려고 하오. 그동안 극비로 붙여왔소만, 팔백
년 이상 묵은 용이 은거하고 있는 장소를 알고 있다오. 나는
용의 지혜를 구하고자 하오."

"용이라고?"

사람들의 시선이 단숨에 레논에게 몰렸다.

혜문 교황이 고개를 저었다.

"레논 이글아이는 이미 불사왕의 친우가 됐소. 그의 의견
은 내게 신빙성을 주지 못하오. 무엇보다 그가 정말 용인지
어떠한지도 의심스럽고."

레논의 정체가 청룡이라는 보고는 수십 차례 받아보았다.

하지만 그가 직접 현신하는 모습을 보기 전까지는 아무래
도 확신을 가지기가 쉽지 않다.

하지만 레논은 그런 일은 아랑곳 않았다.

"용의 거처를 안다 하셨습니까?"

목소리가 살짝 들떠 있다.

용들은 세상을 이해하기 위해 인간, 벌레, 심지어 나무까지
다양한 존재들로 모습을 바꿔가며 생활한다.

이렇게 깨달음을 얻는 데 바쁜 용들이 서로 마주치는 일은
거의 없다 해도 과언이 아니다.

그 때문에 레논은 용이면서 다른 용의 존재에 흥미를 느꼈다.

"서둘러 스톰폴트군과 합류해야 하네. 다른 길로 샐 시간이 없지 않은가."

메사드 백작이 반론을 제기했다.

레논이 그의 의견에 동감하여 뒤로 물러섰다.

하지만 테오발트가 고개를 저었다.

"물과 정화의 신전의 협조를 얻어낸다면 스톰폴트로서도 나쁠 것이 없을 것이다. 잠깐 어울려 주기로 하지."

일행은 잠시 상의에 들어갔다.

그들은 이내 테오발트의 의견에 일리가 있다는 데 동의했다.

"시간을 오래 빼앗지는 않을 것이오. 용의 거처는 바로 이 근방에 있소. 마침 그대들이 근방에 있다는 보고를 전해받고 움직인 것이오. 그렇지 않았다면 움직일 엄두를 내지 못했겠지."

분명 교황이 장거리를 회동하는 것이 쉬운 일은 아니었을 것이다.

"다행이군요. 그럼 어서 용의 거처를 찾아갑시다."

레논이 맞장구를 치며 앞장섰다.

일행은 사제들의 보호와 감시를 동시에 받으며 이동했다.

물과 정화의 신전은 주로 대륙 북부에 거점을 두고 있다.

하지만 둠 왕국이 위치한 중부에도 교세가 조금 약할 뿐 신전이 다수 존재하고 있었다.

산 깊숙한 곳으로 이동하자 작은 신전이 나타났다.

그곳에는 이미 사제들이 밖으로 나와 교황을 맞이할 준비를 하고 있었다.

요란한 환영식은 없었다.

그저 이십여 명에 이르는 사제들이 모두 밖으로 나와 조용히 인사를 할 뿐.

그들은 사제들을 지나쳐 신전 뒤쪽에 위치한 비밀스러운 동굴 안으로 들어갔다.

뒤따르던 백여 명의 사제들 중 다섯만 교황을 보필하고 나머지는 동굴 밖에 남았다.

"둠 왕국 내에 용의 거처가 있었다니. 게다가 신전에서는 그것을 비밀로 했단 말이지?"

메사드 백작이 불편한 심정을 드러냈다.

적어도 황실에서는 용의 존재를 전혀 모른다.

알고 있었다면 전쟁 초에 용의 위세를 빌려 큰소리를 쳤을 것이다.

"정치적으로 이용될 거라는 것을 알고 있었기에 비밀로 부쳤던 것이오."

헤문 교황이 대답했다.

하지만 신전이라고 해서 용을 이용하려고 했던 적이 전혀 없었던 것은 아니다.

언젠가 진짜 위기에 닥치면 용을 앞세울 일이 분명 있었을 것이다.

핑계만 거창하지 사실 신전은 유리한 고지를 점하기 위해 사실을 숨겨왔다.

헤문 교황은 눈을 감았다.

그는 더 이상 그러한 이해득실에 연연하지 않기로 마음을 굳힌 상태이다.

좁은 동굴은 지하를 향해 가는 동안 점점 더 넓어졌다.

30분가량을 걸어 일행은 드디어 전설의 용과 조우하게 되었다.

용은 거대한 뱀처럼 생긴 생물로 머리부터 꼬리까지 길이가 못해도 사백 미터는 족히 될 듯했다.

다들 그 크기에 잠시 동안 전율을 느꼈다.

은색의 비늘을 가진 용은 두 개의 앞발에 얌전히 머리를 괴고 엎드려 있었는데, 만약 그가 고개를 들고 몸을 일으키려 한다면 아마 산이 다 무너지고 말리라.

"오늘은 손님이 많구려."

제 손톱 크기밖에 안 되는 인간들을 내려다보며 새하얀 용이 참으로 인자하게 눈웃음을 지었다.

거대한 몸집을 가지고 있음에도 용의 목소리는 생각보다 크지 않았다.

어쩌면 사람들을 배려한 것일지도 모른다.

몸을 웅크려서 산이 무너지지 않게 배려하고 있는 것처럼.

헤문 교황이 그를 올려다보며 매우 조심스러운 태도로 입을 열었다.

"질라이님, 먼저 긴 휴식을 방해한 것에 용서를 구합니다. 당신의 지혜를 빌리기 위하여 찾아왔습니다."

"무엇을 알고 싶은지 편히 말씀해 보시오. 어렵지 않은 질문이길 바랄 뿐이외다."

늙은 백룡(白龍) 질라이가 부드럽게 물었다.

그 덕분인지, 헤문 교황이 조금이나마 긴장을 풀고 말했다.

"저희들은 그의 진실 된 모습에 대해 알고 싶습니다."

질라이는 시선을 돌려 테오발트를 응시했다.

메사드 백작도 하이젠버그 후작도 테오발트가 불사왕일 거라곤 믿지 않는다.

하지만 이렇게 직접 용을 보게 되자 그가 어떤 대답을 할지 무척 궁금해졌다.

레논도 같은 용이 불사왕에 대해 어찌 생각하는지 알고 싶어졌다.

모든 이들이 숨을 죽이고 질라이의 대답을 기다렸다.

이윽고 지혜로운 백룡 질라이가 입을 열렸다.

"그가 누구요?"

백룡이 커다란 머리를 기우뚱한다.

"풋."

작은 음성이 동굴을 울렸다.

누군가 분명히 웃었다. 풋, 하고 말이다.

사람들이 아닌 척하며 조용히 웃음소리의 범인을 찾았다.

테오발트가 입을 가리고 있었다.

"자네는…….."

헤문 교황이 못마땅한 얼굴로 그를 나무라려 했다.

어렵게 만난 용의 앞에서 이 무슨 무례인가.

하지만 질라이는 무례를 탓하지 않고 오히려 부드러운 목소리로 문제가 되는 부분을 짚어주었다.

"처음 보는 이의 정체를 내가 어찌 알겠소? 그대의 질문에 답할 수 있게 단서를 주지 않겠소?"

"아."

헤문 교황은 고개를 끄덕이며 상세한 이야기를 꺼내려 했다.

그때 테오발트가 말을 끊으며 끼어들었다.

"인간들은 용이라면 뭐든지 다 알고, 뭐든지 다 할 줄 안다고 믿지. 무지한 인간들 때문에 지혜로운 백룡이 제대로 봉변을 당하는군."

백룡이 테오발트를 보며 빙그레 미소를 지었다.

"다른 사람의 입을 빌릴 것도 없이 그대에게 직접 묻는 것이 좋겠구려. 사람들이 어째서 그대의 정체를 알고 싶어 하는 것이오?"

"그들은 불사왕에 대하여 알고 싶어 한다."

테오발트가 대답했다.

백룡의 늙은 얼굴에 천천히 놀라움이 떠올랐다.

그는 고개를 끄덕였다.

"그렇군. 저들이 어째서 여기까지 찾아왔는지 이제야 알 것 같소. 세상에 알려진 불사왕은 무엇보다도 두려운 존재이니까."

비록 간접적이지만 백룡이 직접 불사왕이라고 확인해 주었다.

하이젠버그 후작이 황당한 음성으로 말했다.

"자, 잠깐! 이렇게 끼어드는 것을 용서해 주십시오, 현명한 용이시여. 그런데 불사왕이라니요. 그럴 리가 없습니다. 오히려 그는 신의 사도라고 알려져 있습니다!"

"하하. 그리 착각할 수도 있겠구려. 불사왕은 전능에 가까

운 존재이니까. 하지만 신의 시종 취급이라니 그가 심히 섭섭
해하겠소."

"그, 그런……."

용의 단언을 듣고도 하이젠버그 후작은 쉽사리 믿질 못했
다.

하지만 만약 그게 사실이라면 진정 마의 소굴이었던 것은
둠 왕국이 아니라 스톰폴트였단 뜻이 된다.

아니, 둠 왕국도 스톰폴트도 전부 마족 소굴이다.

이 대륙에 제대로 된 곳이라곤 존재치 않는 것이다.

그때 교황이 단호한 음성으로 물었다.

"질라이님, 저희들에게 지혜를 빌려주십시오. 저희들은 어
찌하면 되겠습니까?"

"걱정하지 않아도 되오. 불사왕이 인간을 나쁘게 대할 일
은 없을 것이오."

"어째서 그리 확신하십니까."

"불사왕은 긴 세월 동안 인간들을 보호해 왔소. 그대들이
알고 있는 성스러운 세 개의 무기도 힘없는 인간들을 위해 불
사왕이 만든 것이라오."

"예? 성검을 불사왕이 만들었단 말입니까?!"

사람들은 경악했다.

이미 사실을 알고 있는 레논만이 덤덤했다.

"불사왕은 마족의 왕입니다! 사악한 마족이 성스러운 무기를 만들었다니 앞뒤가 맞지 않는 일이 아닙니까!"

"불사왕은 마족이 아니라오."

질라이는 부드러운 음성으로 대답했다.

분위기가 어수선했다.

사람들은 질라이의 말뜻을 쉽게 이해하지 못했다.

"대충 질문에 대한 대답이 되었소?"

질라이는 일부러 자세한 이야기를 하지 않았다.

인간들이 알 필요도 없는 이야기이며, 테오발트를 위한 배려이기도 하다.

정작 테오발트는 아무래도 상관없는 눈치이지만.

그는 레논의 등을 앞으로 떠밀었다.

"아까부터 근질거리는 것 같은데 나가봐라."

"드디어 내 순번인가."

레논이 살짝 상기된 얼굴로 나섰다.

그는 백룡을 올려다보며 그의 발에 손을 얹었다.

서서히 바람이 일어났다.

그제야 백룡 질라이는 청룡의 기척을 감지했다.

"아, 그대는 동족이었군."

"동족을 만나는 것은 처음이라 기대가 무척 컸습니다. 반갑습니다."

레논의 말을 듣고 백룡은 의아한 표정을 했다.

"인간 같은 소리를 하는군. 용은 사회성이 없는 생물이네. 따라서 동족을 그리워할 일도 없지."

말을 하고 물끄러미 레논을 보던 그는 이내 고개를 끄덕였다.

"저런, 깨달음을 얻는 데 실패하고 영혼에 상처를 입었군."

그 말에 레논의 얼굴이 살짝 굳었다.

갑자기 인간의 탈을 벗으며 어딘가 한군데 망가졌을 거라고 생각은 했다.

그러나 직접 확인사살을 당하니 마음이 편치가 않았다.

그 광경을 지켜보던 질라이가 의미심장한 미소를 지었다.

"용은 평생 동안 도를 닦으며 산다네. 스스로 몸을 낮추고 개미의 입장이 되어보기도 하고, 토끼의 생을 살아보기도 하면서, 다양한 생물의 입장을 이해하려고 노력하네. 그리하여 세상 만물의 이치를 깨달으면 승천(昇天)하여 보다 훌륭한 존재로 거듭날 수 있다네. 전신이 빛으로 화하여 하늘로 사라지는 광경은 실로 장관이지."

레논은 고개를 끄덕였다.

그도 여지껏 온갖 생물로 화하여 승천할 때를 기다리고 있었다.

"그런데 나는 때때로 이런 생각을 한다네. 우리들은 다른

이의 삶을 이해하려고 노력하지만, 정작 자기 자신에 대해서
는, '용'이라는 생물에 대해서는 아무것도 모르는 것이 아닐
까. 또한 '승천'이란 보다 높은 존재로 거듭날 기회가 아니
라, 단순히 수명이 다해 죽는 것에 불과한 것은 아닐까.”

“용으로 태어나 도를 닦지 않으면 어찌 됩니까?”

레논이 물었다.

백룡 질라이는 자기 자신을 가리켰다.

“나처럼 용으로서 숨 쉬고 생각하면서 살다가 세상에 육신
을 고스란히 남기고 죽는다네. 내가 죽은 뒤 많은 사람들이
찾아와 내 뼈와 비늘을 가져가려고 하겠지.”

용의 사체를 발견하는 것은 어마어마한 행운이었다.

용의 뼈는 강철보다도 단단하고, 용의 비늘은 잘 이어붙이
면 아주 튼튼한 갑옷이 되기 때문이다.

그러나 대부분의 용들이 뼈까지 빛으로 화해 승천해 버리
기 때문에 용의 사체를 찾는 것은 하늘의 별 따기보다도 힘들
다.

“내 몸은 지상에 남아 갈기갈기 해체되겠지만, 그것이 꼭
나쁜 일은 아닐지도 몰라. 나의 단단한 뼈가 사람들에게 큰
도움이 된다면 그것도 좋지 아니한가? 오롯이 용으로서 살아
가는 인생은 어떠한가. 한 번쯤 생각해 볼 일이라고 생각하
네. 그러니까 너무 낙심하지 말게.”

레논은 고개를 끄덕였다.

승천의 때를 포기한 것은 아니지만 질라이의 말을 기억해 둘 필요도 있다고 생각했다.

그는 분위기를 바꾸기 위해 일부러 밝은 음성으로 말했다.

"좋은 말씀 새겨듣겠습니다. 이로써 몇백 년에 한 번 볼까 말까 한 전설의 용이 둘이나 출현한 셈이 됐군요."

농담처럼 한 말이었다.

그런데 백룡의 얼굴이 갑자기 심각해졌다.

"그렇지 않네. 오히려 용의 출현이 너무 적은 감이 있어."

"그건 무슨 소리입니까?"

"밤만 되면 온갖 마족과 마물들이 세상을 들쑤시고 있다지? 전에 없을 재앙이 세상에 닥쳤음에도 용들의 움직임이 너무 적어. 그대가 위기에 처한 사람들을 지키기 위해 눈을 뜬 것처럼, 다른 용들도 각성을 했어야 하네. 그런데 어째서 세상에 나타난 용이 그대밖에 없는가?"

"……."

그제야 레논의 얼굴도 굳어졌다.

이건 생각보다 심각한 일일지도 몰랐다.

일행은 늙은 백룡을 뒤로하고 동굴을 빠져나왔다.

생각에 잠겨 있던 교황이 입을 열었다.

"물과 정화의 신전은 스톰폴트를 향한 적대를 멈추고 지원을 약속하겠네. 내 타 신전에도 협조를 요청해 보지."

"아! 감사합니다, 교황 예하!"

레논이 스톰폴트를 대신해서 감사를 표했다.

마족을 상대하는 싸움에 신성력을 지닌 사제들의 힘은 큰 도움이 될 것이다.

부상당한 병사들의 빠른 치유도 가능해진다.

테오발트가 물었다.

"나를 신용하겠단 말인가?"

교황은 왼쪽 가슴에 손을 얹었다.

"이미 내 심장은 그대가 악인이 아니라고 확신하고 있었던 것 같네. 그래, 자네를 위험분자라 생각했다면 그대를 직접 만날 생각일랑 하지 않았겠지. 질라이님의 확신까지 받았으니 더 이상 거리낄 것이 없네."

그들은 먼저 신전을 떠났다.

"이거 생각지도 못한 소득을 얻었는데?"

처음엔 이종족이 나서서 조력이 되어주었고, 이제 종교권에서도 도움을 주겠나고 나왔다.

교황의 뒷모습을 보면서 레논은 몹시 기뻐했다.

얼결에 테오발트의 정체에 대해 알아버린 메사드 백작과 하이젠버그 후작만 얼굴이 해쓱해졌다.

메사드 백작은 아무것도 모르던 때에도 본능적으로 테오
발트만은 적으로 삼지 않으려 했다.

그는 지나치게 정확한 자신의 감에 스스로 놀랐다.

"어서 가자. 중간에 잠깐 들를 곳도 있다."

테오발트가 길을 재촉했다.

일행도 뒤이어 길을 떠났다.

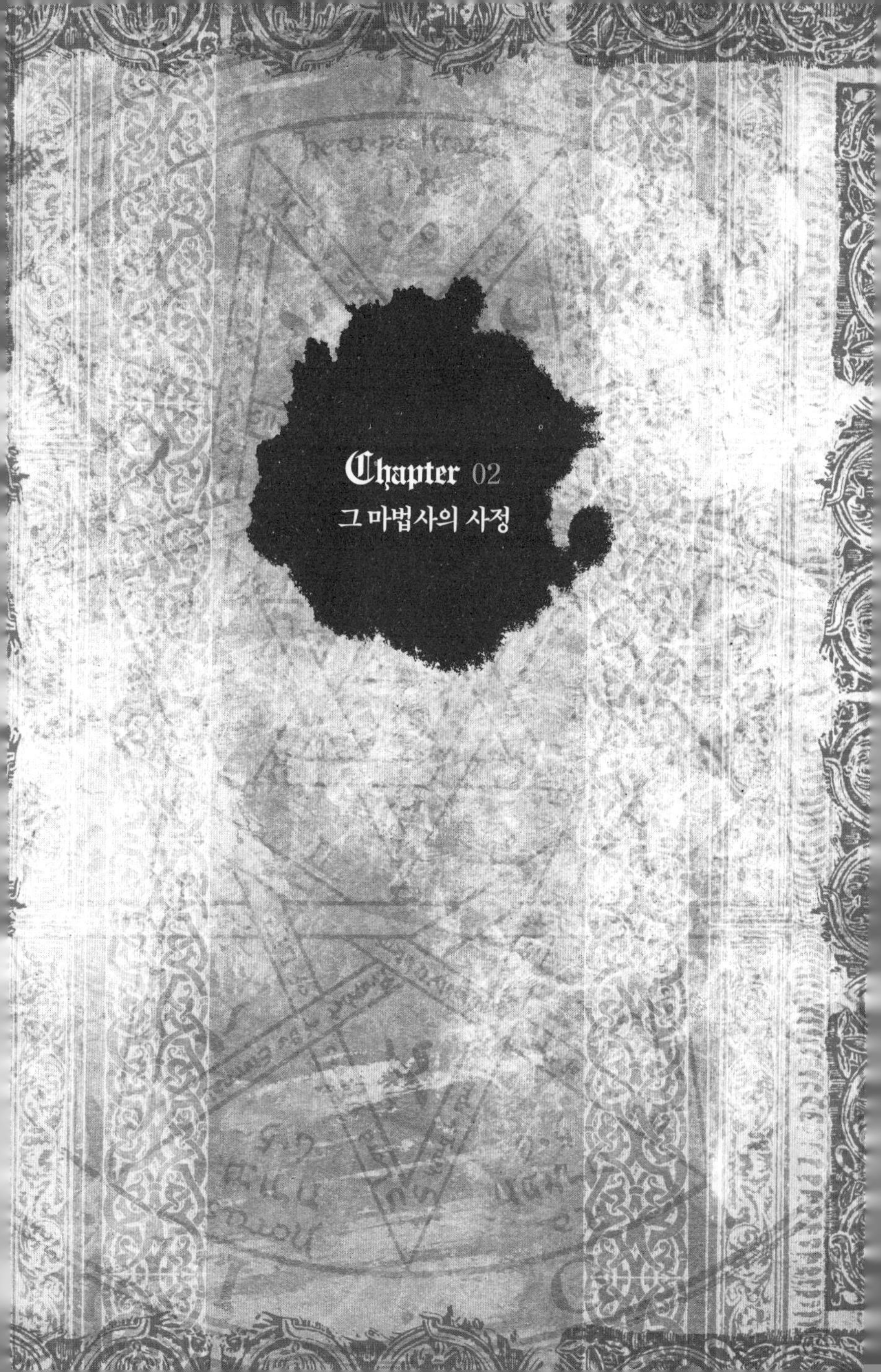

Chapter 02
그 마법사의 사정

THE KING OF IMMORTALITY

쿵쿵쿵.

단풍이 한창인 오솔길.

그 사이로 흉측한 마물이 땅에 코를 박고 어디론가 향하고 있었다.

뻣뻣하고 지저분한 털이 온몸에 덮여 있으며 덩치는 커다란 소 두 마리쯤 합쳐놓은 것 같은 놈이다.

쉬지 않고 걸어가던 마물의 움직임이 이상해졌다.

놈이 갑자기 길을 따라 뛰기 시작했다.

거대한 덩치가 전력질주를 하자 쿵쾅대는 발소리가 지축

을 울렸다.

오솔길을 벗어나자 성벽에 둘러싸인 작은 마을이 나타났다.

밭에서 일하는 이들의 얼굴은 하나같이 힘이 없고 비쩍 말라 있었다.

힘들게 일을 하던 사람들은 마물이 등장하자 혼비백산했다.

"꺄아악!"

"흐악!"

"마, 마물이다!"

사람들이 비명을 지르든 말든 흉측한 마물의 질주는 멈출 생각이 없어 보였다.

사람들이 마물을 피해 사방으로 뿔뿔이 흩어졌다.

그때 중년 남자가 마물이 질주하고 있는 길 한복판으로 뛰어나왔다.

"도망쳐요!"

사람들은 중년 남자가 마물에 밟혀 죽을 것이라고 생각했다.

그러나 남자는 무슨 생각인지 피할 생각은 않고 손가락을 묘한 형태로 움직였다.

꽈앙!

믿기 힘든 일이 벌어졌다.

사내 앞에 시커먼 막이 펼쳐졌고 질주하던 마물이 미처 피하지 못하고 벽에 처박히고 말았다.

달리던 힘이 워낙 강해 놈은 허공에서 한 번 꼬꾸라졌다.

중년 사내가 마물의 머리를 짓밟았다.

콰직!

"이 멍청한 돼지새끼야! 흔적을 발견했으면 내게 알리든지 할 것이지, 미친 듯이 뛰어가기만 하면 날더러 어찌 쫓아가란 말이냐! 헉헉헉, 숨차 죽겠잖아!"

꾸에엑!

바닥에 쓰러진 마물이 울부짖자 중년 사내는 마물의 머리를 사정없이 후려 찼다.

"썩을 놈 같으니. 마물에게 일을 시킨 내가 잘못이지."

그가 투덜거리고 있는 동안 마을 사람들이 조심스럽게 마물 근처로 다가왔다.

"주, 죽었네."

마을 사람들은 얼떨떨한 얼굴로 마물이 죽어버린 것을 확인했다.

"마물을 물리쳤다!"

"이렇게 쉽게 마물을 쓰러뜨리다니……!!"

"우린 살았어!!"

사람들이 '와!' 하며 함성을 지르기 시작했다.

그들은 앞다퉈 중년 남자에게 감사의 인사를 건넸다.

"구해주셔서 감사합니다, 마법사님!"

"마법사님 맞으시죠?"

마른 체구를 가진 중년 사내의 정체는 뷜로 대공이었다.

그는 마도서왕 트리오네, 즉 자신의 주인님을 찾아다니는 중이며 마물을 이용해서 주인님의 흔적을 찾다가 여기까지 흘러들어 왔다.

뷜로가 인사치레를 받고 있을 때 사람들을 비집고 갑옷을 입은 병사들이 나타났다.

그들 중 키가 큰 사내가 깊이 머리를 숙였다.

"저는 마을 외곽을 책임지고 있는 로서라고 합니다. 포악한 마물을 쓰러뜨리는 광경을 보았습니다. 저희들이 해야 할 일을 대신해 주셨군요. 마을 사람들을 지켜주셔서 진심으로 감사합니다."

별로 마을 사람들을 지키려고 마물을 쓰러뜨린 것이 아니다.

주인님의 흔적을 찾으라고 시켰는데 말을 제대로 안 듣기에 때려죽여 버린 것뿐이다.

뷜로가 시큰둥한 얼굴로 그들을 무시하고 지나쳤다.

그러나 로서가 그를 붙잡았다.

"마물을 한 손으로 쓰러뜨리셨지요. 평범한 마법사는 불가능한 일입니다. 저는 견식이 짧아 잘은 모르지만 마법사님은 분명히 대단한 힘을 가진 분이실 것입니다. 그렇지 않습니까?"

"흥, 네놈이 뭘 좀 아는구나. 내가 좀 대단하거든."

"갑작스러운 줄 알지만 부탁드릴 것이 있습니다. 마법사님, 부디 마물 퇴치를 도와주십시오!"

이건 무슨 헛소리인가?

거들먹거리던 뷜로는 로서의 부탁에 오만상을 찡그렸다.

"마법사님의 도움이 필요합니다! 부탁드립니다, 마법사님!"

"에잉! 일없다, 저리 꺼져!"

뷜로는 로서의 손을 휙 뿌리쳤다.

로서의 목소리를 뒤로하고 뷜로는 영지 안으로 들어섰다.

인적이 거의 없고 흉흉한 기운이 감도는 마을이었다.

비쩍 마른 여인네가 슬그머니 나무창을 열었다가 눈이 마주치자 얼른 문을 닫아버렸다.

"마물의 습격이 있고부터 인심이 팍팍해졌습니다."

묻지도 않았는데 로서의 설명이 시작되었다.

뷜로는 짜증스레 그를 쳐다봤다.

한시라도 빨리 주인님을 찾아야 하는데 웬 날파리가 달라붙은 것이다.

하지만 마물을 때려죽였듯이 그를 죽여 버릴 수는 없었다.

인간을 함부로 죽였다간 불사왕의 분노가 무섭다.

일단 왕을 배신하고 주인님을 만나러 뛰쳐나왔지만, 가능한 한 왕의 심기는 건드리지 않는 게 좋다.

"대륙 전역에서 마물이 출몰하기 시작한 것을 아시지요. 이곳도 예외가 아니었고 마물의 침략을 막기 위해 많은 수의 용병을 고용했습니다."

용병을 고용했다는 말을 한 뒤 로서는 한숨을 토했다.

콰직!

뭔가 부서지는 소리가 들려 뷜로는 잠깐 시선을 주었다.

칼을 찬 용병들이 상인들이 힘들게 정리해 놓은 나무상자를 발로 차 부수면서 낄낄대고 있었다.

그들은 건들거리면서 수시로 땅에 가래침을 뱉었다.

입에서 나오는 것은 음담패설이다.

"마을이 흉흉해진 것은 마물의 잦은 습격 때문이기도 하지만, 저런 놈들이 영지 내를 어슬렁거리고 있는 탓이 더 큽니다. 하지만 마물의 습격이 빈번한 상황이라 용병들을 내쫓을 수도 없는 상황입니다. 한 번은 여사제님께 마물퇴치 의식을 부탁드리기도 했는데 큰 결과를 보지는 못했습니다."

"아 그딴 건 됐고, 이 근처에 식당 같은 거 없느냐? 난 고급 아니면 상종을 안 하니까 참고하고.”

빌로는 로서의 심각한 이야기를 한 귀로 흘려들었다.

“마법사님, 부디 제 이야기를…….”

“이놈아, 날보고 은인이라고 하지 않았냐? 그럼 당장에 산해진미라도 대접해야지, 땅바닥에 세워놓고 쫄쫄 굶기는 건 어느 나라 법도냐?”

“아, 아닙니다. 그러면 이쪽으로 오십시오.”

로서는 서둘러 빌로를 식당으로 안내했다.

도착한 곳은 주점과 식당을 겸하고 있는 조촐한 여관이었다.

식당 안으로 들어가는 순간 빌로의 얼굴이 와그작 찌그러졌다.

하지만 어쩔 수 없는 일이다.

원래 이런 시골 영지에는 번번한 식당이나 여관이 존재하지 않는다.

귀빈이 왔을 때는 영주성으로 모시는 것이 보통이다.

“영지민을 구한 은인이 왔는데 어째서 대접이 이것밖에 안 돼?! 영주는 뭘 하고 있는 거냐? 사람을 보내 식사 한 끼 정도는 대접해야 하는 거 아니냐?!”

사람들을 구할 생각도 없었으면서 어느새 스스로 은인이라고 큰소리를 탕탕 치는 빌로였다.

영주를 언급하자 식당에 있던 사람들이 눈에 띄게 긴장한 모습을 보이며 시선을 피했다.

로서의 얼굴도 크게 어두워졌다.

말이 많던 그가 갑자기 입을 다물었다.

주위가 조용해지자 뷜로는 그 틈을 이용해 주인장을 불러 이것저것 주문을 했다.

"많이 주문하시는군요. 다른 분이 더 오실 예정입니까?"

"나 혼자 다 먹을 건데, 왜. 불만이냐?"

"예? 이 많은 음식을 어떻게 드시려고……."

"에잉, 이래서 시골 구석은 안 된다니까. 가져오라면 재깍 가져올 것이지 말이 많아!"

주인장은 눈치를 보며 주방으로 들어갔다.

그때 즈음 생각에 잠겨 있던 로서가 비장한 얼굴로 고개를 들었다.

그는 목소리를 낮춰 이야기를 시작했다.

"영지가 황폐해진 것은 마물의 잦은 습격과 거친 용병들 탓입니다만, 다른 이유가 있습니다. 영지민들은 수확한 곡물의 8할을 세금으로 내야 합니다. 영주성의 창고에는 엄청난 양의 재물이 쌓여 있을 것입니다. 그 재물이라면 규율이 제대로 잡힌 용병단을 고용할 수도 있었을 텐데, 보다시피 현재 고용되어 있는 자들은 수준 이하의 놈들뿐입니다. 놈들이 영

지 곳곳에서 문제를 일으키고 있지만 경비대장에게 뇌물을
주면 쉽게 풀려날 수 있습니다. 경비대장뿐만이 아니라 영주
성의 문관, 그리고 영주님까지 모두 뇌물에 찌들어 있습니
다."

그의 태도는 몹시 조심스러웠다.

이런 이야기를 잘못했다가는 경을 칠 수도 있었다.

"식사는 왜 이렇게 안 나와!"

그러나 뷜로는 이번에도 루서의 말 따윈 귓등으로 흘려들
었다.

손님의 독촉에 주인장이 서둘러 음식을 하나씩 내왔다.

로서는 은인이 식사를 할 수 있도록 일단 기다리기로 결정
했다.

그런데 갖가지 음식이 멈추지 않고 등장했다.

식당에 있는 모든 음식을 1인분씩 전부 주문한 것 같았다.

뷜로는 그 음식들을 조금씩 다양하게 음미한 다음 적당히
배가 부르자 나이프와 포크를 내려놓았다.

그는 자리에서 일어나며 로서에게 말했다.

"엣헴. 난 다 먹었으니까 알아서 계산하도록 해라."

"예?"

"뭐야. 은인이라며? 은인에게 이 정도 식사 대접도 못한다
이거냐?!"

로서는 당황했다.

부패한 영주는 병사들에게 봉급을 넉넉히 챙겨주지 않았다.

게다가 로서는 다른 병사들과 달리 뇌물을 거부하고 있기에 더욱 궁핍한 처지였다.

빌로가 시킨 음식값은 그에게 제법 부담이 되는 돈이었다.

잠시 망설이던 그는 고개를 끄덕였다.

마을을 위해서 나서준 은인인데 이 정도 돈을 아까워할 수는 없는 일이다.

"예. 알겠습니다."

음식값을 전부 치른 로서는 다시 빌로에게 부탁했다.

"마법사님, 저희 영지의 사정이 이러합니다. 부디 마물을 퇴치하는 데 도움을 주십시오. 마물만 사라진다면 어떻게든 생활을 유지해 갈 수 있을 것입니다."

빌로는 끈질기게 따라붙는 로서를 지긋지긋한 표정으로 쳐다봤다.

제대로 이야기를 들어줄 때까지 쫓아올 심산이 분명하다.

저걸 때려죽일 수도 없는 일이고, 빌로는 차라리 부탁을 들어주기로 했다.

"그래, 좋다! 내 통 크게 써서 네놈의 부탁을 들어주지! 마물을 쓸어버리는 일쯤 별것도 아니니까."

"저, 정말이십니까? 감사합니다, 마법사님. 죄송하지만 존함을 알려주실 수 있을……."

흥분한 로서의 앞에 뷜로가 불쑥 손을 내밀었다.

로서는 이해를 못해 눈을 끔뻑거렸다.

"사례금!! 내가 여행을 다니는 중이니 보석류 중에 금강석만 받겠다."

"예? 그, 금강석……. 저희 영지 사정이 좋지 못해서……."

"뭐야? 땡전 한 푼도 없이 부탁이니 뭐니 했다 이거냐? 이거지 같은 놈이 진짜……!! 당장 꺼지지 못해?!"

뷜로의 눈에서 아예 불똥이 튀었다.

스톰폴트 왕국의 궁정마법사 뷜로 대공. 그는 뇌물과 미인을 너무너무 좋아하며, 돈 없고 신분 낮은 놈은 사람 취급도 안 하는 인간이다.

그의 반응에 로서는 크게 실망했다.

마을을 구원할 분이 나타났다고 생각했는데 완전히 오판을 했던 모양이다.

"제가 사람을 잘못 보았군요. 전 이만 물러가겠……."

"쉿!"

그때 뷜로가 손가락을 입에 갖다 대고 조용하라고 말했다.

로서가 영문을 모르고 있는데 주변을 두리번거리던 뷜로가 갑자기 식당 구석으로 달려갔다.

"차, 찾았다! 이런 곳에!!"

그는 환호성을 지르며 낡은 탁자를 손으로 더듬거렸다.

식당 구석에서 주인님의 흔적을 찾은 것이다.

그녀가 이곳을 방문한 적이 있는 것이 분명하다.

'그런데, 이거 좀 위험하지 않아?

이곳에는 뷜로의 주인, 마족의 체취가 강하게 남아 있다.

마족의 기운은 마물을 끌어들인다.

이 영지에 유난히 마물의 침입이 많았던 것은 주인님이 남긴 흔적 때문이었다.

잦은 마물의 침략에 제법 많은 수의 인간들이 죽어나갔으리라.

이 사실을 알면 불사왕이 분명 크게 노할 것이고 그의 주인은……!!

뷜로는 주인님의 흔적을 지우기 위해 서둘러 마법을 준비했다.

다행히 그는 청소마법이 특기였다.

다년간 갈고닦은 실력으로 감쪽같이 치워놓으면 불사왕도 눈치채지 못하리라!

로서는 도무지 뷜로가 무엇을 하고 있는 건지 이해가 되지 않아 멀뚱히 서 있었다.

쾅! 우당탕!

“꺄아악!”

그때 식당 안이 갑자기 소란스러워졌다.

“전부 우리가 목숨을 바쳐 마물과 싸우고 있기 때문에 네년이 이렇게 살아 있는 게 아니냔 말이다!”

“이년아. 은혜를 입었으면 갚아야지. 크크크.”

“놓아주세요, 제발 놓아주세요.”

식사를 하던 용병 둘이 식당에서 일하는 여급을 희롱하고 있었다.

“요년. 곱기도 하지.”

“사, 살려주세요. 흑흑흑.”

“누가 잡아먹는대? 이년이 말귀를 못 알아먹어!”

용병이 다른 한 손으로 여급의 머리채를 잡아 뒤로 당기며 흔들어댔다.

여급이 흐느끼고 있었으나 누구 하나 나서는 이가 없었다.

오히려 눈치를 보다가 슬그머니 식당 밖으로 도망치기 시작했다.

출입구까지 가기 애매한 자들은 구석진 곳으로 기어가서 몸을 숨겼다.

그 모습에 용병들은 더욱 기세등등해졌다.

“하하하! 겁쟁이 새끼들!!”

“야, 우리 여기서 재미 좀 볼까?”

"그거 재미있는 생각인데!"

식당을 차지한 두 용병이 여급을 보며 음흉한 표정을 지었다.

"저 자식들……!"

로서는 검을 움켜쥐었다.

용병들이 그 모습을 보았고 이내 비웃음을 날렸다.

"갑옷을 보니 외곽경비대인데? 크크."

"꼴에 군인이라 이건가? 그 칼 뽑아보시게? 하지만 우리와 싸우면 다치는 건 그쪽일걸."

그들은 뒷배를 봐주는 높은 분들을 말하며 킬킬거렸다.

용병들이 하는 말은 전부 사실이었다.

로서는 피가 날 정도로 이를 악 깨물었다.

그 모습을 보고 더욱 흥이 오른 용병들이 보라는 듯이 여급의 옷을 찢어버렸다.

쫘아악!

여급은 하얗게 질렸다.

희롱하고 폭행하는 것까진 어떻게 참았다.

그런데 용병들이 옷을 벗겨 진짜로 그녀를 욕보이려 하려는 것이다.

"꺄아악!! 살려주세요! 살려주세요! 제발!!"

그녀는 온몸을 뒤틀며 있는 힘을 다해 비명을 질렀다.

용병들은 저항하는 그녀를 억지로 짓누르고 혀를 날름거렸다.

벌건 대낮에 다들 보는 앞에서 여성이 추행을 당하는데도 여전히 나서는 자가 없다.

로서는 더 이상 두고 볼 수 없어서 칼을 뽑아 들었다.

여급의 비명이 식당을 날카롭게 울렸다.

"꺄아악!! 싫어!"

그 시각 뷜로는 불사왕의 이목까지 속이기 위해 고도의 마법을 시연 중이었다.

그런데 날카로운 비명 소리가 계속해서 그를 방해했다.

뷜로는 고개를 휙 쳐들더니 여급과 용병이 뒤엉켜 있는 곳으로 향했다.

"마법사님……?"

막 나서려던 로서가 얼떨떨한 얼굴로 뷜로를 쳐다보았다.

뷜로는 그를 지나쳐 갔다.

"뭐야, 이건?"

웬 늙어빠진 놈이 떡하니 앞에 서 있다.

용병은 가소롭기도 하고 짜증도 나서 여급을 옆으로 내팽개치고 몸을 일으켰다.

덩치가 큰 그는 삐딱한 자세로 뷜로를 내려다봤다.

"이봐, 늙다리. 설마 이 계집을 구하겠다고 나선 건 아니겠지?"

뷜로는 대답도 하지 않고 다짜고짜 손을 앞으로 뻗었다.

터엉!

"크악!"

용병은 머리에 강한 충격을 느끼고 뒤쪽으로 발라당 뒤집어지면서 바닥에 처박혔다.

뷜로는 이미 기절한 용병을 발로 마구 짓밟고 걷어찼다.

"이 시건방진 놈이! 감히 누구한테 늙다리늙다리야!"

다른 용병이 당황하여 자신의 동료와 뷜로를 번갈아보았다.

조금 늦게 그는 상황을 파악했다.

"이 자식, 마법사였던 거냐!"

그는 상대가 마법사임을 깨닫자마자 즉시 검을 뽑아 들어 휘둘렀다.

마법은 엄청난 위력을 발휘하지만 그것을 구현할 때까지 시간이 걸리는 것이 보통이다.

마법사에게는 무조건 시간을 주면 안 된다.

검이 뷜로의 목을 베기 직전이었다.

부웅!

용병은 허공에 칼질을 크게 한 번 하고는 몹시 당황했다.

분명히 늙다리 마법사 놈을 베었을 터였다.

그러나 뷜로는 어느새 한 발자국 뒤로 물러나 있었다.

그의 발밑에 검은 그림자가 일렁거렸다.

뷜로가 손을 들자 발밑에 고여 있던 그림자가 뭉치더니 몽둥이와 같은 형태를 갖추며 떠올랐다.

"일단 좀 맞자!!"

뷜로가 이를 북북 갈면서 소리쳤다.

몽둥이가 저절로 움직여 용병을 두들겨 패기 시작했다.

퍽퍽! 퍼억! 퍽퍽퍽!

"끄악! 살려줘! 아니, 살려주세요!"

용병이 몽둥이찜질을 당하며 소리쳤다.

살이 터지고 뼈가 부서지는데도 뷜로는 여전히 성에 차지 않아 씨근덕거렸다.

마음 같아서는 콱 죽여 버리고 싶은데 불사왕의 눈치가 보여서 기껏해야 두들겨 패는 것밖에 못하니 짜증이 나는 게 당연하다.

이내 두 번째 용병도 축 늘어져 기절하고 말았다.

여급이 몸을 추스르며 뷜로에게 감사의 인사를 했다.

"가, 감사합니다. 마법사님."

"시끄럽다! 한 번만 더 소리 지르면 너도 저 꼴로 만들어줄 테다!"

뷜로가 눈을 부라리며 말했다.

서슬 퍼런 말에 여급은 흠칫 몸을 움츠렸다.

그때 로서가 그녀의 어깨에 옷을 걸쳐주며 말했다.

"무서워할 필요 없습니다. 말은 저리해도 결국에는 불의를 참지 못하고 당신을 도와주시지 않았습니까."

"아……."

여급이 고개를 끄덕였다.

다들 꼼짝도 하지 못했는데 오직 이 괴팍한 마법사만이 그녀를 구해주었다.

용병이 기절하자 숨어 있던 사람들이 하나둘씩 얼굴을 내밀었다.

놈들이 당하는 모습을 보니 그들도 속이 다 후련했다.

하지만 뒤따라올 보복을 생각하니 마냥 좋아할 수도 없었다.

식당 주인이 다급히 말했다.

"마법사님, 어서 피하셔야 합니다! 저들이 당했으니 병사들이 몰려올 겁니다!"

"맞습니다. 경비대장이 가만있지 않을 겁니다."

비록 의로운 일에 동참하진 못했으나 여급을 구해준 마법사가 당하는 모습을 보고 싶지 않았다.

사람들은 앞다퉈 뷜로에게 도주할 것을 권했다.

하지만 뷜로는 그들의 말을 싹 무시했다.

그딴 것보다 주인님의 흔적을 지우는 게 더 중요하다.

"시끄러워! 소란을 피우는 놈들은 이번에야말로 확 죽여 버릴 테니 그렇게 알아라!"

그는 버럭 소리를 지른 다음 구석으로 가서 마법을 시연하는 데 열중했다.

사람들은 어찌해야 할지 몰라 발을 동동 굴렀다.

한참 후 뷜로는 주인님의 흔적을 완전히 지우는 데 성공했다.

이 정도라면 불사왕의 할아버지가 와도 모르리란 확신이 들었다.

왕년에 주인님께 예쁨 받으려고 연마한 마법이 이렇게 도움이 될 줄이야.

그는 기지개를 쭉 켜고 그제야 식당 밖으로 걸어나왔다.

로서가 그 뒤를 따랐다.

"마법사님, 마물을 퇴치하는 일을 도와주십시오. 마물이 사라지면 용병을 고용할 필요도 없어지니 힘없는 여인이 저런 불한당 놈들에게 시달릴 일도 없어질 것입니다."

"이놈은 왜 이렇게 끈질겨."

벌써 전에 간 줄 알았는데 아직까지 뒤쫓아오며 저 소리다.

그러나 돈도 한 푼 없는 잡놈의 이야기 따윈 들어줄 이유가 없다.

투덜거리면서 밖으로 나오니 이상하게도 인적이 없던 거리에 많은 수의 사람들이 나와 있었다.

그들은 골목이나 구석진 곳에 숨어서 뷜로를 훔쳐보았다.

뷜로는 영문을 알 수 없어 인상을 썼다.

"에잉? 이건 뭐야?"

"마법사님의 소문을 듣고 사람들이 나온 것입니다."

로서가 설명했다.

뷜로는 용병을 때려눕히고도 어디로 도망가지 않고 식당에 버티고 앉아 있었다.

경비병들이 올 것이 분명한데도 전혀 아랑곳도 않는 태도였다.

시간이 지나자 소문을 들은 사람들이 하나둘씩 식당 근방으로 모여들었다.

그들은 불안과 묘한 기대감을 품고 뷜로를 바라보고 있었다.

그러나 뷜로는 그들을 슥 둘러보고는 이내 흥미를 잃었다.

시금은 쓸데없는 곳에 정신을 팔 때가 아니었다.

그는 조금 전부터 희미하게 느껴지는 주인님의 기척을 찾고 있었다.

'저쪽인가.'

빌로는 고개를 들어 한쪽 방향을 주시했다.

오르막길 끝에 영주의 저택이 자리하고 있었다.

"전부 비켜라!!"

그때 사람들이 두려워하던 병사들이 나타났다.

경비대장 마크는 거리에 모여 있는 마을주민들을 날카로운 시선으로 슥 둘러보았다.

시선이 닿을 때마다 주민들은 흠칫하며 몸을 움츠렸다.

하찮은 놈들.

마크는 마을 사람들을 보고 조소를 날렸고, 이어서 로서를 향해 호통을 쳤다.

"로서! 역시 네놈일 줄 알았다! 매사에 불만만 늘어놓더니 기어이 일을 치는구나!"

"……."

로서는 아무 말도 없이 빌로를 바라보았다.

자리를 피하지 않고 빌로의 곁에 남은 데는 나름의 각오가 있었기 때문이다.

이제는 모든 것을 저 성격 나쁜 마법사에게 맡기는 수밖에 없다.

마크는 가볍게 로서를 비웃어주고 이번엔 빌로를 내려다보았다.

멋모르는 떠돌이 마법사가 정의감에 불타서 일을 저질렀나

본데 이번 기회에 인생의 쓴맛을 배우는 것도 좋을 것이다.

그는 조소를 띠며 거만하게 말했다.

"네놈은 마을 주민의 사적 기물을 부수고 용병 둘을 폭행했다. 마물을 퇴치하기 위해 용병들이 얼마나 많은 피를 흘리고 있는지 아느냐? 그들의 노고에 예를 표하지는 못할망정 시비를 걸어 폭행을 하다니 용서할 수 없다!!"

경비대장의 말을 듣던 사람들의 눈빛이 차가워졌다.

용병이 필요한 것은 사실이지만 그들의 패악은 도를 넘어섰다.

그 패악을 눈감아주는 경비대장 또한 원한의 대상이었다.

하지만 진짜 원한의 대상은 바로 영주였다.

그가 가혹한 세금을 매기고, 아랫사람들에게 은근히 뇌물을 요구하며 모든 패악을 조장하고 있었다.

하지만 힘없는 이들은 그저 당하는 수밖에 방법이 없었다.

"여봐라! 저 두 놈을 당장 잡아들여라!"

경비대장 마크는 거만하게 앉아 빌로와 루서를 잡아들이도록 명령했다.

한편, 주언님의 기적을 잡은 빌로는 즉각 영주의 저택으로 향할 생각이었다.

그런데 갑자기 병사들이 와르르 달려들어 길을 가로막았다.

울컥울컥 짜증이 치민다.

그는 정말로 착하게 살려고 엄청 노력하고 있었다.

감히 그를 향해 늙다리니 뭐니 하며 까불던 용병 놈들도 죽이지 않고 반신불수가 될 만큼 패주기만 했다.

그런데 한주먹거리도 안 되는 인간 놈들이 왜 이렇게 똥파리 마냥 왱왱 달려드는지 모르겠다.

"아우, 정말! 내가 마음씨가 너무 착해서 한 번만 기회를 준다! 좋은 말할 때 빨리 꺼져라!"

"어리석은 늙은이. 그 어설픈 정의감이 명을 단축시킬 것이다."

경비대장 마크는 큰소리치는 뷜로를 보며 코웃음을 날렸다.

순간 뷜로가 더 참지 못하고 분노를 터뜨렸다.

"누가 늙은이냐!!! 난 아직 살길이 구만 리나 남은 몸이란 말이다!!!"

미묘한 부분에 분노의 포인트를 주는 뷜로.

아까부터 인간들이 늙은이, 늙다리라고 하는 것이 은근히 신경 쓰이던 참이었다.

근래에 관리를 약간 소홀히 한 감이 있는데 노화의 진행이 빨라져 버린 걸까?

"잡아라!"

서른 명의 병사가 그를 잡기 위해 다가왔다.

울컥한 빌로는 손바닥 위에 마력을 집중했다.

겹겹이 압축된 어둠이 손아귀 안에서 일렁거린다.

이제 팔을 높이 뻗기만 하면 같잖은 병사들은 말할 것도 없고 아예 영지 전체가 흔적도 없이 사라질 것이다.

"이얍!"

공에 눈먼 경비병 하나가 가장 먼저 창을 내질렀다.

성질대로 확 저질러 버리려던 빌로는 마지막 동작만을 남겨두고 식은땀을 뻘뻘 흘렸다.

'으으윽! 아무리 생각해도 후환이 두렵다!'

왕의 금령을 어긴 마족이 잔혹하게 처형당하던 광경이 눈앞을 휙휙 지나친다.

빌로는 폭발 직전에 있는 마력 덩어리를 양손으로 감싸 안고 뒤로 황급히 물러났다.

그런데 멋도 모르는 병사가 마력 덩어리를 창으로 쑤실 태세다.

"꽤액! 이 얼간이가!"

그는 새된 비명을 지르며 작은 마력탄을 만들어 병사에게 던졌다.

병사는 강한 주먹에 얻어맞은 듯한 통증을 느끼며 바닥에 쓰러졌다.

“다 함께 달려들어라!”

병사들이 크게 소리를 치며 한꺼번에 달려들었다.

뷜로는 마력덩어리가 폭발할까 봐 노심초사하면서, 한편으로는 사람이 죽지 않을 만큼의 위력이 담긴 마력탄을 연속해서 날려댔다.

전에 한 번 언급한 적이 있지만 그는 그림자 속으로 끌어들여 아예 소멸시켜 버리는 건 잘해도 적당히 제압하는 일에는 서툴렀다.

“윽! 캑! 젠장! 내가 왜 이런 고생을!!”

뷜로는 식은땀을 뻘뻘 흘리며 병사들을 상대했다.

애를 쓴 보람이 있어서 병사 열 명이 딱 죽지 않을 만큼만 부상을 입고 쓰러졌다.

“그래도 실력은 좀 있는 모양이구나!”

상황을 지켜보던 마크가 군마를 몰고 직접 나섰다.

뷜로는 두 손에 안고 있던 마력덩어리를 안전하게 해체한 뒤 마크를 쳐다봤다.

한낱 인간 따위가 그의 앞에서 실력 운운하니 어이가 없어서 기가 막히고 코가 막힌다.

“죽여주마!!”

마크는 기세등등하게 외치고 등차를 강하게 찼다.

커다란 군마가 뷜로를 짓밟아 버리기 직전이었다.

뷜로는 찰흙 떼어내듯 발밑의 그림자를 가늘게 한 줄기 뽑아내어 앞으로 쏘아 보냈다.

스각!

"억……!"

어둠이 일직선으로 날아가 달려오던 말의 다리를 잘랐다.

말의 몸뚱이가 앞으로 꼬꾸라졌고 그 위에 타고 있던 마크도 함께 바닥에 처박혔다.

쾅!

마크는 낙마하면서 양쪽 다리가 부러지고 말았다.

무거운 갑옷을 입은 채로 아무 대처도 못하고 말에서 떨어져서 그 정도 부상으로 그친 게 다행이다.

경비대장인 마크를 별 힘도 들이지 않고 쓰러뜨리자 병사들은 크게 당황했다.

그때 마크가 잔뜩 독이 올라서 소리를 질렀다.

"크윽, 으으! 뭣들 하는 거야!! 당장 저놈을 잡으라는데도!!"

그의 고함소리에 그제야 병사들이 뷜로를 향해 창을 들이밀었다.

"어차피 놈은 한 놈이다! 다 같이 창으로 찌르면 제아무리 날고 기는 마법사라 해도 어쩌지 못해!!"

부대장의 지시에 병사들이 한꺼번에 뷜로를 향해 달려들

었다.

"별 그지 같은 것들이 다 꼬이는군. 이거나 먹어라."

병사들이 한꺼번에 달려드는데도 뷜로의 얼굴은 시큰둥했다.

그는 마력덩어리를 바닥에 꽂았다.

콰광!

땅이 폭발하며 크고 작은 돌덩어리가 사방으로 날아갔다.

"크아악!"

"아악!"

수십 명의 병사가 폭발에 휘말려 공격 한 번 못해보고 바닥에 쓰러졌다.

뷜로는 귀찮은 얼굴로 그들을 슥 한번 훑어보았다.

더 이상 저항할 수 있는 놈은 없는 듯하다.

주위를 둘러보다가 문득 귀퉁이에 숨어 있는 마을 주민과 눈이 마주쳤다.

눈이 마주친 이가 슬그머니 앞으로 걸어나왔다.

그뿐만 아니라 모든 마을 주민들이 무언가에 홀린 듯 뷜로의 주위로 다가왔다.

로서가 대표로 나와 깊이 머리를 숙였다.

"정말 고맙습니다, 마법사님."

머뭇거리며 서 있던 마을 사람들도 로서의 행동에 감화되어 다 함께 머리를 조아렸다.

다들 기대로 가슴이 부풀었다.

어쩌면, 어쩌면 이 괴팍한 마법사가 지옥 같은 나날을 정말로 바꿔줄지도 모른다.

"에잉? 뭐하자는 거야?"

그러나 주인님을 찾는 데만 열중하던 뷜로는 도무지 영문을 알 수가 없었다.

하지만 뭔진 몰라도 존경의 눈빛을 보내고 있으니 기분은 좋다.

그는 가벼운 걸음으로 주인의 기척이 느껴지는 영주의 저택으로 향했다.

로서를 포함하여 생각이 있는 몇몇 건장한 마을 사내들이 뷜로의 뒤를 쫓았다.

어느새 소식이 전해진 것인지 저택의 경계가 몹시 삼엄해졌다.

하지만 뷜로는 아무런 고민 없이 곧장 정문으로 향했다.

소문의 마법사가 창칼 앞으로 태연히 다가오자 병사들이 오히려 크게 긴장하여 얼어붙었다.

뷜로가 어둠이 스멀거리는 손으로 문의 창살을 잡았다.

끼기긱.

흉물스런 소리를 내며 강철로 만들어진 창살이 옆으로 크게 벌어졌다.

그는 벌어진 창살 사이로 성큼 들어갔다.

"이 문과 똑같은 꼴이 되고 싶지 않다면 옆으로 비켜서라!"

로서가 뷜로의 뒤를 따르며 경고하자 병사들은 서둘러 창칼을 땅에 내려놓았다.

저택 안으로 들어가려던 뷜로는 백여 명의 인간들이 앞을 가로막는 바람에 다시 걸음을 멈추었다.

영주가 병사와 용병 백여 명을 데리고 저택 바깥으로 나와 있었다.

그의 실력을 보고 숨어도 아무 소용 없다는 것을 깨달았기 때문이다.

영주는 뚱뚱한데다가 얼굴에는 개기름이 잘잘 흘렀다.

주민들의 고혈을 짜내어 배를 불린 결과다.

"나, 나는 브로일 영주다. 네가 원하는 것이 무엇이냐?"

뷜로는 그저 주인님의 기척을 쫓아 여기까지 왔을 뿐이다.

못생긴 돼지가 떡하니 나타나자 뷜로는 반사적으로 불쾌감을 느끼고 인상을 찡그렸다.

"별로, 아무것도?"

그 대답에 영주는 협상의 여지가 없다고 멋대로 판단했다.

그는 겁에 질린 얼굴로 소리쳤다.

"이, 이익! 저놈을 죽이는 놈에게 금화 100개를 주겠다!!"

돈은 죽은 사람까지도 움직인다고 했다.

주눅이 들어 있던 용병과 병사들이 금화 이야기가 나오자 눈빛이 달라졌다.

"잡아라!!"

수십 명의 용병이 한꺼번에 달려들었다.

그러나 뷜로는 손가락 하나로 그 많은 수를 상대했다.

그는 보기와는 달리 사해의 마법사 사이에서 수위를 다투는 존재이다.

당연히 한낱 인간들이 그의 상대가 될 리 만무하다.

콰과광!

"크아악!"

폭음이 연이어 터지고 병사와 용병들이 비명을 지르며 쓰러졌다.

일방적인 싸움을 보고 있던 영주는 허옇게 질려서 슬금슬금 뒷걸음질 쳤다.

"가, 가자."

그는 측근들에게 눈짓을 보내고 허둥지둥 샛길로 도망쳤나.

그런데 뷜로가 용병들을 제치고 달려와 영주의 뒷덜미를 움켜쥐었다.

"어딜 도망가려고."

“히, 히익!”

예상치 못한 파리 떼가 계속해서 달라붙는 바람에 일정에 자꾸 차질이 생기고 있었다.

대충 흘려들은 이야기에 따르면 이 돼지가 파리 떼의 우두머리인 듯하다.

이놈을 치면 귀찮은 일에서 벗어날 수 있을 것이다.

“구석에 찌그러져 있어라!”

발밑의 그림자가 제멋대로 움직여 영주의 사지를 휘감더니 벽에 메다꽂았다.

콰앙!

두툼한 살덩어리가 벽에 부딪히며 흉측하게 터져 나갔다.

영주는 게거품을 물고 기절했다.

피 곤죽이 되었지만 죽지는 않은 것이다.

뷜로는 손을 털고 뒤를 돌아보았다.

로서와 마을 청년들이 얼떨떨한 얼굴로 서 있었다.

마법사를 믿고 여기까지 따라왔지만 그래도 설마 하니 이 정도로 강할 거라고는 생각지 못했다.

로서가 떨리는 음성으로 물었다.

“저, 저희들은 무엇을 하면 좋을까요?”

“그걸 왜 나한테 묻냐? 내가 네놈들 똥 누고 난 엉덩이까지 닦아줘야 하나?”

빌로가 짜증을 와락 부렸다.

호되게 꾸지람을 들은 로서는 그제야 크게 깨달았다.

경비대장도 싸울 수 없는 상태이며 영주도 제압되었고 용병의 수도 많이 줄었다.

이제는 그들이 스스로 움직일 때였다.

이 영지는 자신들의 터전이다.

언제까지고 타지인인 마법사에게 모든 것을 맡겨둘 수는 없는 일이다.

영주가 쓰러졌다고 전부 끝난 것이 아니다.

마물이 출몰하는 것은 여전하니 남은 용병들을 모아서 새로 계약을 맺고 마을을 정비해야 한다.

"갑시다!!"

마을 청년도 로서의 뜻에 크게 동의하며 주먹을 불끈 쥐었다.

그들의 의견을 전해들은 다른 마을 사람들도 움직이기 시작할 것이다.

로서는 문득 빌로가 사례금 운운한 것을 떠올렸다.

그는 주머니에 들어 있는 자신의 전 재산을 꺼내서 빌로에게 건넸다.

"마법사님, 이건 감사의 표시입니다. 얼마 되지 않는다는 것은 알고 있습니다. 그저 여행길에 소소하게 노잣돈으로 써

주십시오.”

　일단 돈이다 싶어 날름 받아 챙긴 뷜로는 주머니 속에 진짜 푼돈 몇 쪼가리가 들어 있는 걸 보고는 잔뜩 골이 나서 로서의 면전 앞에 확 던져 버렸다.

　“이딴 걸 돈이라고 내놓는단 말이냐? 아우, 저걸 진짜 콱 죽여 버릴 수도 없고!”

　성의로 내준 돈이 바닥을 굴러다니고 있었으나 로서는 전과 달리 실망하지 않았다.

　사실 그 돈을 전부 줘버리면 로서는 빈털터리가 되고 만다.

　그래서 뷜로가 일부러 돈이 적다고 핑계를 대고 돈을 받지 않은 것이라고 생각했다.

　괴팍한 마법사는 짜증을 부리면서도 핍박받는 여종업원을 구해주었고, 병사들의 위협에도 불구하고 영주까지 제압했다.

　그 큰일을 하고도 사례금 한 푼 받지 않으려는 것이다.

　로서는 마법사의 속 깊은 행동에 다시금 크게 감동했다.

　엄청난 오해가 계속 이어지고 있지만, 뭐 좋은 게 좋은 일 아닌가.

　“젠장. 뭐 되는 일이 없어!”

　오직 뷜로만이 만족을 얻지 못해 이를 북북 갈았다.

　그가 홀로 저택 안으로 들어가려 하자 로서가 황급히 말했다.

"마법사님! 하다못해 이름만이라도 가르쳐 주십시오!"

"뷜로 모이칸! 너희 같은 천한 놈들은 평생에 한 번 듣기도 힘든 이름이다! 신상이라도 만들어놓고 자손 대대로 받들어 모시도록 해!"

뷜로는 있는 대로 신경질을 내고 다시 주인님의 흔적을 쫓아 사라졌다.

로서는 그가 사라진 방향을 향해 깊이 머리를 조아렸다.

마을 사람들도 고개를 숙이고 진심으로 감사의 인사를 표했다.

지치고 쇠약해져 있던 마을에 점차 활기가 돌기 시작했다.

낯선 일행이 브로일 영지에 당도했다.

메사드 백작이 살짝 눈살을 찌푸렸다.

"한시가 바쁜 이때에 일부러 길을 둘러서 이런 외진 곳에 온 이유가 뭔가?"

테오발트가 불사왕이라는 것을 안 이상 불만이 있어도 대들 수는 없다.

하지만 원래 그는 보통이 넘는 인간이다.

시간을 너무 지체하게 되자 결국은 속에 담아두었던 말을 터뜨렸다.

그의 불만에도 불구하고 테오발트는 느긋하게 서서 담배를 뻐끔뻐끔 태웠다.

한참 만에야 그의 입에서 대답이 흘러나왔다.

"밖으로 도망간 똥개가 한 마리 있어서 말이다. 나온 김에 놈을 찾으러 왔다."

"똥개라고?"

설마 하니 진짜로 똥개를 찾으러 오진 않았을 터.

메사드 백작은 테오발트의 옆에 앉아 있는 개를 쳐다보았다.

근처에 저만한 힘을 가진 마물이 또 있는 것일까?

테오발트는 특별히 아량을 베풀어 그의 오해를 풀어주었다.

"뷜로 모이칸 대공을 말하는 것이다."

"뷜로 대공? 스톰폴트에 투항한 유일한 사해의 마법사가 아닌가. 다소 경망스러운 구석은 있어도 뛰어난 자라고 들었는데 어째서 그런 식으로 부르는 거지?"

"그 철딱서니없는 놈에겐 똥개란 호칭도 과하다."

"철딱…… 서니?"

메사드 백작의 얼굴이 일그러졌다.

군을 이탈한 비겁자라 비웃는 것도 아니고, 배신자라 비난하는 것도 아니다.

백 년 이상 산 노마법사에게 철딱서니가 없다니?

레논이 황당한 표정을 짓는 메사드 백작을 보고 피식 실소했다.

"마치 과거의 나를 보는 듯하군."

레논은 거리를 둘러보았다.

그런데 이상하게도 사람들의 얼굴에 생기가 돌았다.

왕국 전역에 마물이 출몰하는 탓에 어느 마을에 들러도 모든 이들이 음울한 표정을 짓고 있었다.

테오발트도 그 점을 이상하게 여기고 있던 차였다.

가만히 살펴보니 마을 사람들이 영주의 저택으로 몰려가고 있었다.

저택에서는 작게 연기가 피어오르고 있었다.

"반란인가."

마을 주민들이 민란을 일으키고 그것을 성공시킨 모양이다.

그는 자세한 사정을 알아보기 위해 꽃씨를 파는 여자아이를 불러 세웠다.

"무슨 일이 있었는지 알려주겠느냐? 자초지종을 말해주면 이걸 주마."

테오발트는 동전 한 닢을 아이의 손안에 쥐어주었다.

소녀는 얼굴을 발갛게 붉히고 이야기를 풀어냈다.

"우리 마을에 용사님이 오셨어요! 못된 영주가 세금을 높게 만들어서 먹을 것을 전부 빼앗아가고 나쁜 병사하고 용병들을 시켜 만날 우리들을 괴롭혔는데 그들을 전부 물리쳐 주신 거예요! 이제는 우리들이 마을을 지켜야 한대요!"

레논이 크게 흥미를 보였다.

"용기있는 자가 마을을 방문한 모양이군. 이 암울한 시대에 영웅이 하나둘 정도는 나와줘야 앞으로 나갈 힘이 생기지!"

"그래, 사람들의 얼굴에 생기가 도는 것을 보니 나쁘지 않구나."

테오발트도 고개를 끄덕이며 마을 사람들을 둘러보았다.

그는 오랫동안 음울한 기분에 사로잡혀 있었다.

그러나 생기가 넘치는 사람들을 만나자 우울함이 조금은 가시는 것 같다.

"이거, 줄게요."

소녀가 테오발트에게 꽃씨를 내밀었다.

테오발트가 꽃씨 값을 치르려고 하자 소녀는 방글방글 웃으며 말했다.

"오늘 굉장히 좋은 날이니까 제가 그냥 드리는 거예요! 이걸로 예쁜 꽃 많이 피우세요!"

"……"

테오발트는 물끄러미 꽃씨를 보았다.

어린아이의 순수한 호의가 그의 심장을 건드렸다.

그는 가만히 미소를 띠었다.

"그래, 고맙구나."

테오발트는 꽃씨를 받아 들었다.

레논이 그 모습을 보고 아이를 칭찬했다.

"너는 굉장한 일을 한 거다. 저놈이 한 번 웃을 때마다 인간들에게 좋은 일이 생긴단다."

"네?"

소녀는 무슨 말인지 몰라 고개를 갸웃했다.

불사왕이란 아득히 초월한 존재였다.

지상의 신을 즐거이 하였으니 비루한 자들의 소원은 필시 이루어질 것이다.

반대로 그가 분노하는 순간 세상은 불구덩이 속으로 떨어질 수도 있다.

"이 마을을 구한 용사님이 누군지 혹시 알고 있니? 한번 만나보고 싶군."

레논은 소녀의 머리를 쓰나듬으며 물었다.

소녀가 이렇게 밝게 웃으며 스스럼없이 다가온 것도 따지고 보면 전부 용사라는 자의 용기있는 행동 덕분이었다.

"용사님 이름이요? 그러니까 비… 빌립? 아닌데, 분명히 들었는데……!"

소녀가 머리를 싸매고 끙끙거렸다.

그때 마을 사람이 옆을 지나가며 웃음 섞인 목소리로 말을 보탰다.

"뷜로님이시다. 잊지 말고 기억하려무나."

"맞아! 뷜로 모이칸!! 자손 대대로 받들어 모셔야 할 분이니 청년단 오빠가 꼭 기억하라고 했어요."

소녀의 입에서 이름이 나오는 순간 레논의 얼굴이 미묘하게 일그러졌다.

"뷜로라고……?"

테오발트조차 불신의 목소리로 이름을 되뇌었다.

아무리 생각해도 뷜로가 힘없고 돈 없는 사람들의 편에 서서 훌륭한 일을 했다는 것은 말이 안 된다.

차라리 그들을 무시하고 모욕을 했으면 했지, 절대 그런 일을 했을 리 없다.

"이 마을에 동명이인이 체류 중인 모양이다."

"과연! 테오발트 네 의견에는 언제나 빈틈이 없군! 나는 이번에도 반박할 구석을 찾지 못했다!"

테오발트와 레논이 머리를 맞대고 결론을 내렸다.

이름뿐만 아니라 성까지도 똑같으며, 뷜로의 흔적을 쫓다가 이 마을에 도착한 참이지만, 그런 사실은 일체 고려의 대상으로 삼지 않았다.

그때 주위가 크게 술렁거렸다.

"마법사님이다!"

"영웅이시다!"

테오발트와 일행은 사람들이 몰려가는 곳을 주시했다.

뷜로가 마을 사람들을 이끌고 어깨를 거만하게 으쓱대며 길을 걸어오고 있었다.

그는 영주의 저택 응접실에 남아 있는 주인님의 흔적을 발견하고 그것을 황급히 지우고 나오는 길이었다.

그런데 무슨 영문인지 인간들이 그를 보고 영웅이니 용사니 하며 환호하는 것이다.

마을을 위해 좋은 일을 한 기억이 전혀 없지만, 그는 어느새 스스로 용사임을 자처하며 기꺼이 대중의 환호를 받아들였다.

다분히 뷜로다운 뻔뻔한 처신이었다.

"……"

테오발트는 그 자리에 서서 뷜로가 오기를 기다렸다.

사람들의 환대에 취해 있던 뷜로는 뒤늦게 테오발트를 발견했다.

그는 뒤로 넘어갈 듯 크게 숨을 들이켰다.

"히익? 와, 왕이시여!"

"뷜로, 마법을 잃는 것이 두려워 너의 주인을 찾아다니는 것이라면 짐이 직접 마법을 하사하겠다. 쓸데없는 짓 그만하고 돌아오너라."

테오발트가 파격적인 제안을 했다.

명령을 어기고 도망갔으나 벌을 내리지 않고 오히려 더욱 높은 수준의 마법을 약속한 것이다.

"시, 싫습니다!"

그러나 뷜로는 슬금슬금 뒷걸음치더니 아주 전력을 다해 그를 피해서 도망쳤다.

레논도 그의 행동이 이해가 되지 않아 인상을 썼다.

"아니, 도대체 왜……."

"일단은 저놈을 잡아야겠구나."

테오발트를 비롯한 일행은 뷜로의 뒤를 쫓기 시작했다.

"어이쿠. 이 나이에 달리기는 무리인데!"

무라드 왕자를 안은 하이젠버그 후작이 죽는 소리를 냈다.

마법을 쓰지 않은 뷜로가 달리기를 못하는 게 천만다행이었다.

"전 돌아가기 싫습니다!! 내버려 두십시오!!"

"일단 거기 서라. 대화로 풀도록 하자."

뷜로가 달리면서 고래고래 소리를 질렀고 테오발트가 그

를 달래려고 노력했다.

그러나 뷜로는 완강했다.

"내가 모를까 봐! 멈추면 일단 한 방 먹여서 기절시키고 무조건 끌고 가려고!"

"그것은 오해다. 믿어다오."

입에 침도 안 바르고 거짓말을 치는 테오발트.

그리고 뷜로는 보기보다 눈치가 굉장히 빨랐다.

대낮에 때아닌 추격전이 벌어지고 있었다.

마을 사람들은 뷜로를 영웅으로 생각하고 있었다.

그런데 뷜로를 뒤쫓는 일행이 좋게 보일 리 만무하다.

"저놈들은 누구지? 마법사님을 쫓고 있어!"

마을 사람들이 일행을 향해 하나둘 적의를 보이기 시작했다.

난감한 상황에 봉착하기 직전이었다.

시장을 헤집고 다니던 뷜로가 갑자기 자리에 우뚝 서더니 어느 여신관에게 시선을 고정했다.

그녀는 백색 신관복을 입고 있었으나 치마 옆을 허벅지까지 틔워서 다소 야한 차림새를 하고 있었다.

테오발트도 자리에 멈춰 섰다.

여신관은 아주 낯익은 얼굴을 하고 있었다.

"마도서왕 트리오네……."

사해의 여덟 제후 중 하나이며 서열 5위에 있는 대마족.

뷜로는 후들거리는 무릎을 진정시키려 애썼다.

그토록 찾아다니던 자신의 주인을 드디어 만나게 되었다.

"뷜로."

시장을 구경하던 트리오네가 그제야 자신의 마법사를 발견하고 알은체를 했다.

뷜로는 더 참지 못하고 곧장 그녀에게 달려들었다.

"주인니임!!"

실제 나이가 150살을 훌쩍 넘은데다가 겉보기 외모는 중년 아저씨인 뷜로의 입에서 경악스럽게도 코맹맹이소리가 튀어나왔다.

그는 훌쩍 뛰어서 매미마냥 트리오네의 몸에 찰싹 달라붙었다.

"주인님! 트리오네님! 크흑흑! 이게 얼마 만입니까!!"

"새삼스럽게 반가운 척하는구나. 인간 세상에서 으름장 놓으며 즐겁게 살지 않았더냐?"

"그래도 가끔은 주인님이 그리웠습니다요."

"호오, 가끔이라……."

"이잉잉, 주인님! 불사왕을 배신했다는 거짓말, 그거 참말입니까?"

뷜로가 이미 거짓말이라고 단정을 해놓고, 그게 참말이냐는 애매한 화법으로 질문을 던졌다.

트리오네는 징징거리는 중년 마법사의 머리를 쓰다듬어 주었다.

뷜로가 고개를 들자 그녀는 미소를 지으며 그의 입에 키스했다.

뷜로도 참지 않고 그녀를 더욱 끌어안았다.

사람들이 보는 앞에서 두 사람의 격정적인 키스씬이 벌어졌다.

레논은 입을 딱 벌렸다.

"뭐, 뭐야."

마족과 마법사의 관계란 라우지 토가와 악터스처럼 일방적으로 착취하고 학대하며 모욕을 주는 관계가 아닌가?

"그게 보통이긴 하다."

테오발트가 떨떠름하게 대답했다.

겉으로 보기엔 젊고 아름다운 여인과 왜소한 40대 중년 마법사, 내막을 알고 보면 잔악무도한 마족과 노예로서 부림당하는 사해의 마법사. 어느 쪽이든 도무지 어울리지 않는 둘의 닭살 놓는 애정행각은 보는 사람을 매우 불편하게 했다.

겨우 두 사람이 애정 행각을 멈추었다.

뷜로에게 있어 트리오네는 절대복종해야 할 잔혹한 주인님이면서, 낳고 길러준 어머니나 다름없는 존재이기도 하며,

매일 밤을 함께하는 매혹적인 연인이기도 했다.

테오발트가 다가와 뷜로를 지그시 노려보았다.

"평생 인간세상에서 대공 노릇 하며 살겠다고 하지 않았더냐?"

"흐흐흐, 그게 말입니다. 그냥 사해로 돌아갈까나아?"

뷜로는 트리오네의 풍만한 가슴에 얼굴을 파묻은 채 헤벌쭉 웃었다.

인간 세상에 나와서 온갖 미인을 다 품어봤지만 주인님만큼 아름답고 육감적인 여자는 하나도 없었다.

대공 노릇 하며 호의호식하는 것은 정말 좋았다.

하지만 오랜만에 주인님을 만나니까 또 생각이 좀 달라진다.

테오발트의 눈이 더욱 가늘어졌다.

지금은 저리 말해도 얼마 안 가 금세 주인님에 대한 불만을 늘어놓으며 인간 세상에 나오고 싶다고 투덜거릴 게 뻔하다.

그는 화살을 트리오네에게 돌렸다.

"짐을 배신하고도 이런 곳을 태연히 어슬렁거리고 다닌 것에는 믿는 바가 있기 때문이겠지?"

그녀는 부드럽게 미소 지으며 대답했다.

"다른 제후들과 함께 사해를 벗어난 적은 있으나 그것이 배신자로 낙인찍힐 정도로 흉악한 죄목인지요. 그보다 인간

흉내를 내며 돌아다녀 보았는데 생각보다 재미있었습니다. 왕께서 무엇 때문에 소꿉놀이를 즐기는지 알 것도 같더군요."

"인간을 죽인 적이 없단 말인가?"

"보다시피."

트리오네는 깨끗한 양손을 내보이며 무고함을 주장했다.

두 사람의 대화를 들으며 뷜로가 눈치를 보았다.

그녀는 마을 여기저기에 자신의 흔적을 뿌려서 마물을 끌어 모은 적이 있다.

직접적으로 인간을 죽이진 않았으나 마물의 습격을 조장하여 인간들을 괴롭힌 것이다.

다행히 그 증거는 뷜로가 깨끗하게 없애 버린 뒤였다.

트리오네는 다정한 손길로 자신의 귀여운 마법사를 쓰다듬었다.

이렇게 흔적을 남겨놓으면 뷜로가 꼬리를 치면서 골치 아픈 일을 전부 해결하고 자신의 곁으로 돌아올 줄 알고 있었다.

"바룩이 신관복은 왜 입은 거지?"

레논이 눈살을 찌푸린 채 물었다.

사람들을 조롱하기 위해 마족의 몸으로 일부러 신의 종을 자처한 것은 아닌가.

"젊은 청룡이여, 나는 자유롭게 돌아다니고 싶었을 뿐이다. 마물의 잦은 습격으로 인심이 흉험하여 인간들은 외지인을 반기지 않는다. 그러나 마를 멸하는 능력을 가진 신관이라면 어디서든 환영을 받지. 실제로 나는 브로일 영주에게 마물 퇴치를 의뢰받기도 했다."

"아, 그래서 영주의 저택 응접실에서 주인님의 기척이 남아 있었던 거군요."

뷜로가 끼어들어 맞장구를 쳤다.

로서란 병사 놈이 잠깐 언급하던 여사제가 바로 자신의 주인님이었던 것이다.

마물을 끌어들인 장본인에게 마물 퇴치를 의뢰했으니 결과가 없을밖에.

"……."

테오발트는 아무 말 없이 그들을 응시했다.

엄한 시선에 뷜로는 식은땀을 쫄쫄 흘리기 시작했고 트리오네도 살그머니 눈길을 피했다.

"두 번은 없다. 명심해 둬라."

그 말은 한 번은 봐주겠단 뜻이다.

뷜로는 희희낙락했고 트리오네도 금방 여유로운 얼굴로 돌아왔다.

속 편한 주종이 아웅다웅하기 시작했다.

"뷜로, 네가 없는 동안 희귀한 마물을 여럿 발견했단다. 놈들을 이용하면 너를 더욱 강력한 마법사로 만들어줄 수 있을 것 같구나."

"핫핫핫. 악터스가 이번에 주인을 잃었는데 그놈을 새로 노예로 삼으시고 희귀마물을 이용해서 실컷 개조해 보시는 것은 어떠할지요."

"뷜로, 어딜 도망가니. 어쩔 수 없구나. 역시 똥개는 개 줄로 묶어놔야 하는 게야."

"어이구, 꺼윽. 주인님, 그렇게 줄을 꽉 묶으면 숨 막혀 죽습니다요."

트리오네의 손아귀에 잡혀 개 줄을 차게 된 뷜로가 두 팔을 버둥버둥 거렸다.

그러나 사람들의 눈에는 다른 종류의 애정행각으로 보일 뿐이다.

레논이 눈꼴사나운 광경을 외면하며 등을 돌렸다.

"일부러 찾아 나설 필요도 없었잖아. 괜히 그를 찾는다고 헛걸음만 했군."

"……"

이번만큼은 테오발트도 할 말이 없었다.

어쨌거나 목적한 바를 모두 이루었다.

뷜로 대공과 트리오네까지 합류한 일행은 복구로 분주한

마을을 떠났다.

　마을 사람들이 멀리까지 쫓아와 환한 얼굴로 그들을 배웅
했다.

　"안녕히 가세요!!"

　꽃모종을 팔던 꼬마아이도 폴짝거리며 인사했다.

　그래도 밝은 모습을 보니 헛걸음한 것이 아주 나쁘지는 않
은 것 같다.

　테오발트는 목에 걸린 꽃씨를 만져 보았다.

　그 후 보름을 꼬박 더 걸어 산을 넘었다.

　"도착했군……."

　하이젠버그 후작이 언덕 아래를 내려다보며 나지막이 한
숨을 토했다.

　스톰폴트군 13만이 주둔하고 있는 막사가 저 평야 끝까지
줄지어 서 있었다.

　사자왕의 추적을 떨쳐 냈다는 안심과 더불어, 적군의 위용
에 소름이 끼치기도 한다.

　메사드 백작이 먼저 걸음을 내디뎠다.

　"안내해 주시오."

　이 오만방자한 남자는 결코 주눅 드는 법이 없다.

　테오발트는 고개를 끄덕였다.

"누구냐!"

낯선 이들이 접근에 병사가 경계를 했지만 테오발트와 레논의 얼굴을 알아보고 바로 길을 비켜주었다.

분주히 움직이던 병사들도 잠시 일손을 멈추고 좌우로 물러났다.

그때 소식을 들은 에스트리트 공주가 호위를 이끌고 나왔다.

그녀는 눈으로 테오발트와 레논에게 감사를 표했다.

그리고 메사드 백작에게 손을 내밀었다.

"저는 스톰폴트의 유일한 왕위계승자 에스트리트 그린빌 스톰폴트입니다. 스톰폴트는 여러분을 환영합니다. 무라드 왕자를 내세워 새 왕조를 세울 수 있도록 전력을 다해 돕겠습니다."

메사드 백작은 내심 놀랐다.

스톰폴트가 둠 왕국을 집어삼킨다 해도 명분상 아무런 문제 될 것이 없었다.

그런데 무라드 왕자를 내세운 왕조를 인정하겠다고?

그는 운이 좋다고 순진하게 웃어넘기지 않았다.

분명히 어딘가 이해관계가 얽혀 있을 것이다.

그는 이 기회를 철저하게 이용하기로 결심했다.

얼빠진 스톰폴트 놈들에게 절대로 왕국을 넘기지 않으리라.

　　메사드 백작은 적국의 유일한 왕위 계승권자를 차가운 눈
빛으로 응시했다.

　　하지만 마족을 쓰러뜨리기 위해서 지금은 스톰폴트와 협
력을 아끼지 않아야 할 시기다.

　　"왕국의 모든 귀족들에게 마링겐 왕비의 실체를 알리고 협
조를 구하겠습니다. 부디 제가 조력이 될 수 있기를 바라겠습
니다. 에스트리트 전하."

　　메사드 백작은 에스트리트의 손을 잡았다.

　　"백작의 도움이 있다면 불필요한 싸움을 한결 줄일 수 있
을 것입니다."

　　에스트리트는 미소 지었다.

　　두 사람의 만남에 병사들이 환호성을 올렸다.

　　스톰폴트 이종족 연합군과 무라드 왕자 반군 간의 동맹이
결성되었다.

　　뒤를 이어 각 신전에서도 협조를 약속함으로써 스톰폴트
군의 기세는 한층 더 높아졌다.

Chapter 03
저항 세력

THE KING OF IMMORTALLY

사자왕은 연일 연회를 열었다.

마링겐 왕비가 흥겹게 놀고 싶다고 말했기 때문이다.

사자왕은 사랑하는 그녀가 원하는 일이라면 무엇이든 들어주었다.

헐벗은 무희들이 하늘하늘 춤을 춘다.

곳곳에 배치된 탁자에 산해진미가 끝도 없이 올라왔다.

아첨꾼들이 몽롱한 분위기에 취해 흔들거리며 연회를 즐겼다.

하지만 흥청망청 노는 것도 겉모양뿐이다.

그들이라고 스톰폴트가 왕성 코앞까지 들이닥쳤다는 것을 모를 리가 없다.

힘이 남아도는 자들이 결사항쟁을 준비하고 있다는 소문도 들려왔지만 그것도 얼마나 갈 것인가.

"후후후, 무엇이 걱정이냐. 내일을 잊고 오늘을 즐기면 될 일을."

아름다운 마족들이 감미로운 목소리로 사람을 홀렸다.

이내 사람들의 얼굴이 다시 몽롱해졌다.

그러나 절망하고 있는 것은 마족도 마찬가지다.

그들은 마링겐 왕비가 그들의 방패가 될 수 없음을 알았다.

이제 와서 불사왕의 곁으로 되돌아 갈 수도 없다.

그들은 이미 수도 없이 많은 학살을 저질렀다.

절망과 흥분, 술과 마약이 지저분하게 뒤엉켰다.

쾅!

그때 늙은 마법사가 거칠게 문을 열어젖히고 성큼성큼 연회장 안으로 들어왔다.

무도한 인간의 등장에도 마링겐 왕비는 화내지 않았다.

사사왕노 내멈하게 술을 권했다.

"킨 볼프 공이 아니시오. 함께 술이라도 한잔하겠소?"

"아닙니다, 폐하. 술을 마시지 않아도 충분히 흥이 오른 상태이니까요."

킨 볼프는 둠 왕국에 몸을 의탁한 사해의 마법사였다.

겉으로는 위대한 마법사인 양 자처했으나 뒤로는 인간을 잡아들여 실험을 자행하였다.

인간을 잡아들이는 것이 어려워지자 그는 수인족에게로 눈을 돌렸다.

수인족은 소수가 부족을 이뤄 폐쇄적인 생활을 하기 때문에, 그들의 씨가 말라가는데도 아무도 그 사실을 깨닫지 못했다.

수인족을 이용한 실험은 아주 훌륭한 자료를 남겨주었다.

그는 이 자료를 토대로 새로운 실험에 들어갔고 이윽고 완성품을 만들어냈다.

세상에서 가장 강력한 조각들을 모아서 만든 인공 생명체!

마족에게도 비할 수 있을 정도로 강력함 힘을 가진 키메라가 완성된 것이다.

킨 볼프는 두 팔을 활짝 펴고 외쳤다.

핏줄 선 두 눈이 광기로 번뜩거리고 있었다.

"왕비 전하! 제가 나가서 무도한 역적 무리들에게 따끔한 맛을 보여주고 오겠습니다!"

"그렇게 하도록 하세요."

마링겐 왕비는 아름답게 웃으며 말했다.

킨 볼프는 망토를 걸으며 당당히 홀을 빠져나갔다.

그 모습을 보고 마족들이 혀를 찼다.

"끌끌. 그따위 장난감을 가지고 거들먹거리는 꼴이라니."

"많이 봐줘서 그 장난감이 우리 마족과 근접한 힘을 지녔다고 해주자. 그러면 뭘 해. 왕이 그곳에 거하고 있는데."

그들은 이내 비천한 마법사 따위는 잊어버리고 절망이 섞인 쾌락에 몸을 맡겼다.

마족에게 홀린 인간들도 현실을 잊고 술을 들이마셨다.

인마(人魔)가 섞여 질척한 연회가 이어진다.

하지만 인간 중에는 극소수지만 이를 못마땅하게 여기는 이들이 존재했다.

그들은 서로 눈빛을 주고받은 후 조용히 모습을 감추었다.

*　　　*　　　*

메사드 백작의 밀서를 받은 둠 왕국의 귀족들이 조심스럽게 모여들고 있었다.

"연합군에 투항하시오. 스톰폴트와 손을 잡고 마링겐 왕비를 몰아내는 것이오."

백작이 좌중을 둘러보며 말했다.

브랜들 백작은 창백한 얼굴로 밀서를 다시금 읽어보았다.

마링겐 왕비를 몰아낸다, 말은 좋지만 메사드 백작의 행위에 동참하는 것은 사실상 적국에 나라를 팔아먹는 것과 같다.

그래도 밀서에 응하는 귀족의 수가 상당히 많았다.

첫째가 메사드 백작의 입김이 미치는 자들이 많았기 때문이고, 둘째는 왕국의 망조가 가까워졌다고 여기는 이들이 많았기 때문이다.

이번 전쟁에서 둠 왕국에는 승산이 전혀 없었다.

사자왕이 제대로 나서준다면 또 모르지만 그는 왕비의 생일 축하연을 열라는 등 말도 안 되는 명령만 내리고 있었다.

왕실에는 아첨만 하고 능력도 없는 것들만 바글거렸다.

브랜들 백작이 결심을 내리고 조심스럽게 물었다.

"메사드 백작, 당연히 지위는 보장하는 것이겠지요?"

"물론 보장할 것이오."

몇 명이 가벼운 한숨을 토한다.

메사드 백작은 지위를 잃을까 전전긍긍하는 귀족들의 얼굴을 보며 실소를 지었다.

허스겔 남작이 자리에서 일어났다.

"지금은 왕국을 쉽게 정복하기 위해 그렇게 말하고 있지만 전쟁이 끝나면 말을 뒤집는 것이 아닙니까?"

메사드 백작은 호위기사에게 눈짓을 했다.

기사가 방 안을 살피기 시작했다.

잠시 후 그는 아무것도 없다는 신호를 보냈다.

확인을 마친 후 메사드 백작은 좌중을 둘러보았다.

"연합군은 요정과 난쟁이 일족이 섞여 있소. 그들은 마족을 퇴치하기 위해 나선 것이지 스톰폴트의 정복전쟁을 돕기 위해 출정한 것이 아니요. 이종족의 눈이 있기 때문에 스톰폴트는 마음대로 아국을 집어삼킬 수 없는 상태요. 무라드 왕자를 내세워 새 왕조를 만들겠다고 선전하는 것도 그냥 입바른 말이 아니란 뜻이오."

"메사드 백작! 그러면 요정과 난쟁이들만 믿고 있으면 되는 겁니까?"

"어차피 요정과 난쟁이는 이종족에 불과하니 인간들의 일에 참견하는 데 한계가 있소. 이종족이 자신들의 거처로 물러나는 순간 스톰폴트가 태도를 바꿀 수도 있소. 요정과 난쟁이에게 모든 것을 맡기는 것이 아니라 기회를 최대한 활용해야 하오. 결국 우리가 어떻게 하는가에 따라 나라의 성망이 뒤집히겠지."

장내가 잠시 술렁거렸다.

"내가 말하고 싶은 말은 아직 기회가 남아 있단 말이오. 그러니 빌써부터 스톰폴트에 산, 쓸개를 전부 빼주며 알랑대는 행동은 자제하시오!"

그는 냉엄한 눈빛으로 브랜들 백작을 내려다보았다.

내심 찔리는 것이 있는 그는 마른침을 삼키며 눈을 피했다.

"무슨 말을 하려나 싶어 예까지 왔다가 귀만 버리는군! 세상 일이 자네가 생각하는 대로 될 거라고 생각하나. 이러니저러니 해도 그대는 조국의 땅에 외세를 끌어들이고 있네! 매국노 주제에 번드르르한 말로 자신을 포장하지 말게나!"

꼬장꼬장하게 생긴 귀족 하나가 자리를 박차고 나가 버렸다.

몇·명도 침을 뱉으며 그의 뒤를 따랐다.

하지만 대부분은 자리를 지키고 앉아 있었다.

메사드 백작은 굳이 그들을 붙잡지 않았다.

"좋소, 내 번드르르한 말은 집어치우지. 나는 수단 방법을 가리지 않고 내 자리를 되돌려 받을 것이오. 협력을 부탁하오."

귀족들은 조용히 그 말에 수긍했다.

메사드 백작의 설득으로 많은 수의 귀족들이 무라드 반군에 흡수되었다.

성주들은 저항없이 성문을 열고 스톰폴트 대군을 맞이했고 스톰폴트의 진군 속도가 더욱 높아졌다.

하지만 무라드 반군에 참여하지 않은 귀족들은 성문을 걸어 잠그고 결사항쟁을 펼쳤다.

결국 거침없는 진군은 카델룬 성 앞에서 멈추었다.

카델룬 백작은 메사드 백작을 씹어 먹을 매국노로 치부하고 마지막 하나가 남을 때까지 성을 지키겠노라 선언했다.

요정과 난쟁이의 공격도 결정타를 먹이지는 못했다.

지난 전투를 통해서 둠 왕국군이 어느 정도 대처법을 찾은 것이다.

무엇보다 그들은 악에 차 있었다.

왕국의 마지막 저지선을 결코 넘겨주지 않겠다는 신념이 그들을 강하게 해주었다.

결국 스톰폴트 연합군은 카델룬 성을 포위하고 식량 부족으로 스스로 문을 열 때를 기다리기로 했다.

"생각보다 오래 버티는군요."

에스트리트 공주는 견고한 요새를 올려다보며 말했다.

성을 포위한 지 이미 한 달을 넘기고 있었다.

"식량도 이미 바닥이 났을 텐데 말예요."

"길게 가지 않을 것이다. 지독한 냄새가 나는군."

시체에서 나는 썩은 내는 가장 지독한 악취 중 하나다.

테오발트가 성 너머에서 나는 시취(屍臭)를 감지하고 말했다.

에스트리트는 안타까움에 한숨을 쉬었다.

식량 부족으로 성 안에서는 끔찍한 일이 벌어지고 있으리라.

“어서 항복해 주었으면 좋겠는데.”

하지만 항복하지 않고 끝까지 성을 지키는 자들의 마음을 모르는 바도 아니다.

그때 레논이 나타났다.

“드디어 카델룬 성이 백기를 올렸다.”

“겨우 성문이 열렸군요!”

에스트리트는 자리에서 벌떡 일어났다.

레논도 고개를 끄덕이며 테오발트에게 시선을 주었다.

“이게 다 신의 사자의 가호 덕분이라고 병사들이 칭송하더군. 적이 굶주림을 참지 못하고 백기를 올린 것도 전부 네 공이라는 거다. 신의 사자란 거 한 번쯤 해볼 만하겠는걸.”

“아쉬우면 사람들 앞에서 본신을 드러내고 좀 거들먹거려 보든지.”

테오발트는 웃으며 에스트리트를 에스코트하여 밖으로 나섰다.

병사들이 그를 보고 환호성을 올렸다.

가장 저항이 극렬했던 카델룬 성까지 탈환하고야 말았다.

이제 수도가 코앞까지 왔다!

그날 밤 카델룬 성에서 연회가 열렸다.

“부디 백성들의 안전만은 보장해 주십시오.”

카델룬 백작이 에스트리트 공주 앞에서 머리를 조아렸다.

그는 둠 왕국에서 손꼽히는 용장(勇壯)으로 50대에 접어들었음에도 불구하고 떡 벌어진 어깨에 건장한 체격을 가졌다. 하지만 이번 전투에서 심하게 고생을 했는지 커다란 어깨가 반으로 줄어버린 것 같았다.

에스트리트 공주가 손수 그의 손을 잡고 일으켰다.

"비록 입장은 다르나 조국을 생각하는 공의 충절은 높게 사는 바입니다. 당연히 백성들의 안위는 보장할 것입니다. 지금은 모든 것을 잊고 연회를 즐기도록 하십시오."

"감사합니다."

카델룬 백작은 여전히 음울한 표정으로 물러났다.

본격적으로 연회가 시작되었다.

카델룬 성은 물자가 바닥난 상태였기 때문에 스톰폴트 측에서 술과 고기를 잔뜩 들여왔다.

처음에 우물쭈물하던 둠 왕국 측 사람들은 오랜만에 보는 음식에 허겁지겁 먹고 마셨다.

그러나 카델룬 백작만은 음식에 손을 대지 않고 침통하게 앉아 있었다.

왕국의 마지막 저지선인 카델룬 성이 무너졌으니 스스로 항복을 했다 한들 마음이 편할 리 없다.

사람들은 그를 이상하게 여기지 않았다.

밤이 깊어가며 연회도 막바지에 이르렀다.

술이 잔뜩 들어가 휘청거리는 자들이 많아졌다.

그때 복도 쪽에서 회색 연기가 흘러들어 왔다.

술에 취한 사람들은 한참이나 더 흥청망청 거리다가 뒤늦게야 그 연기를 알아챘다.

"부, 불이다!!"

누군가가 알아채고 소리 질렀을 때 이미 건물은 불바다가 되어버린 뒤였다.

"에스트리트 전하는 어디에 계신가?!"

대신들이 놀라서 에스트리트를 찾았다.

그녀는 왕국의 유일한 왕위 계승자였다.

"전하께서는 안전한 곳에 계시다. 그보다 어서 사람들을 피신시켜라!"

레논이 서둘러 대피 명령을 내렸다.

연회 중간에 에스트리트와 테오발트가 둘이서 빠져나가는 것을 보았다.

하늘이 무너져도 그의 곁에 있으면 안전을 보장할 수 있다.

사람들이 서둘러 건물을 빠져나갔다.

그즈음 에스트리트와 테오발트는 산책을 하고 있었다.

간간히 다가오는 병사들의 인사를 들으며 걷고 있는데 불길이 오르는 것을 보았다.

"불이!!"

에스트리트는 당황하여 성 아래를 내려다보았다.

"도대체 어디서부터 화재가 난 거지?"

"적어도 자연적으로 난 불 같지는 않군."

테오발트가 대답했다.

연회가 벌어지던 건물에서만 불이 난 것이 아니다.

사방에서 동시다발적으로 불길이 일어나고 있었다.

에스트리트는 카델룬 성주의 음울한 얼굴을 떠올리며 소리쳤다.

그는 스톰폴트군과 성 주민들까지 전부 끌어안고 같이 죽을 생각이었다.

스톰폴트의 수뇌부를 몰살시킬 수 있다면 이 정도 희생은 싸다고 여기고 있는 것이다.

"꺄아악!"

"우왁!"

바짝 마른 건물들이 순식간에 불에 휩싸여 무너지기 시작했다.

마을 주민들이 집 밖으로 도망쳐 나왔지만 어디로 가야 할지 몰라 우왕좌왕했다.

에스트리트는 몸소 나서서 그들에게 말했다.

"동문으로 가세요! 성 밖으로 나가면 스톰폴트군이 여러분을 지켜줄 것입니다!"

목숨을 살려준다면 둠 왕국이고 스톰폴트고 다 좋다.

주민들은 에스트리트가 인도한 대로 움직이기 시작했다.

"건물 안에 있던 사람들은 레논 경이 구해주시겠죠?"

그녀는 주민들을 대피시키며 물었다.

연회장에는 스톰폴트군 수뇌부들이 대거 모여 있었다.

"레논만이 아니라 요정여왕에 지그문트까지 있다. 걱정할 필요 없을 것이다. 그래도 몇 명 정도는 희생되겠지."

"카델룬 성주! 이런 짓을 하다니!!"

에스트리트는 분노를 토했다.

하지만 마음을 다스리고 나니 성주의 마음을 알 것 같기도 하다.

"아니. 그의 입장에서…… 우리들은 조국을 짓밟으러 온 침략자에 지나지 않겠죠. 그는 어떻게든 나라를 지키고 싶었던 거예요."

적어도 나라에 망조가 들자마자 바로 태도를 바꾸고 침략국에 투항하는 자들보다는 낫지 않을까.

"하지만 일반 백성들까지 끌어들이는 것은 바람직하지 않지."

테오발트가 그녀의 곁으로 다가왔다.

어두워져 있던 에스트리트가 그 말을 듣고 테오발트를 바라보았다.

그가 에스트리트의 머리카락을 쓰다듬었다.

"단순하게 생각해라. 네가 지금 가장 해야만 하는 일만 생각하는 게다."

그녀는 그제야 미소를 지었다.

"맞아요. 지금은 남 걱정을 할 때가 아니죠."

콰르릉!

바짝 말라붙은 집이 불길에 금세 무너져 내렸다.

그녀는 병사들을 집합시켜 소화 작업에 나섰다.

"불을 지르고 다니는 자들이 있을 거예요. 수색조를 짜서 범인을 잡아주세요. 여러분은 물을 담을 양동이를 모아주십시오."

그녀의 지시에 따라 병사들이 움직였다.

물을 담을 만한 물건을 충분히 모으지 못했다.

그때 중년 사내가 양동이를 들고 달려왔다.

"이것도 사용해 주십시오."

불타고 있는 것은 그들의 집이었다.

사내는 조금이라도 도움이 되고 싶다고 말하며 더 필요한 것이 없냐고 물었다.

"저도 돕겠습니다!"

“물 양동이를 이쪽으로 넘겨주세요!”

도망치던 마을 사람들이 어느새 하나둘씩 소화 작업에 참여하기 시작했다.

사람들이 우물가를 중심으로 줄을 길게 섰다.

우물에서 물을 푸면 양동이를 옮겨서 불이 난 집 위에 퍼부었다.

에스트리트가 나선 덕분에 소화 작업이 빠르게 시작된 근방은 조금씩 불길이 잡히고 있었다.

“전하, 범인을 잡았습니다!”

때마침 수색조로 나간 이들이 불을 지르고 있는 자들을 붙잡아왔다.

마을 사람들과 병사가 구분없이 기쁨의 소리를 질렀다.

“이런 기세라면 금방 불을 끌 수 있을 겁니다!”

에스트리트가 웃으며 소리쳤다.

쏴아악!

그때 갑자기 서풍이 거세게 불었다.

에스트리트는 말하기를 멈추고 머리카락을 붙잡았다.

그녀는 불안한 눈으로 하늘을 바라보았다.

“바람이…….”

“전하!”

그때 병사들이 낭패한 기색으로 달려와서 보고를 올렸다.

바람이 거세게 불면서 불길이 빠르게 번지기 시작했다.

다행히 이 근방은 무사하지만 조금 떨어진 거리에서 불길이 치솟는 것이 육안으로도 보였다.

그녀는 이를 악물었다.

하필 이런 시기에 바람이 불다니.

"아니다. 바람이 거센 시기를 기다렸다가 항복을 한 거지."

테오발트가 바람을 가늠하면서 말했다.

"불씨를 잡아야 합니다! 천을 모아주세요!!"

에스트리트는 포기하지 않고 지시를 내렸다.

그러나 그들의 힘으로 인재를 막는 것은 거의 불가능해 보였다.

"전하, 대피하셔야 합니다."

병사가 무릎을 꿇고 다급히 말했다.

더 이상 사람의 힘으로 어찌할 수 없는 상태에 이르고 말았다.

"아아아!"

마을 사람들이 탄식을 터뜨렸다.

겨우 불길이 잡혀가는 듯했는데 다시 불이 번지기 시작했다.

이렇게 터전이 완전히 사라져 버릴 것이다.

집을 잃는 게 문제가 아니다.

다른 구역에서는 갑자기 확산되는 불길을 피하지 못하고 목숨을 잃는 자도 속출했다.

결국 에스트리트도 손을 떨구고 불타오르는 성을 허망하게 바라보았다.

그때 누군가 그녀의 어깨에 손을 올렸다.

다독이는 손길이 부드럽다.

"테오발트."

에스트리트가 고개를 들어 그를 올려다보았다.

그녀의 눈빛에는 다분히 기대감이 깃들어 있었다.

그가 전능에 가까운 힘을 가진 위대한 존재임을 알기 때문이다.

테오발트가 물었다.

"내게 바라는 것이 있느냐?"

"소원을 이루는 대가로 저는 무엇을 지불하면 좋을까요?"

세상에 대가없는 힘은 존재하지 않는다.

테오발트가 무엇을 요구하든 그녀는 들어줄 각오가 되어 있다.

그러나 테오발트는 고개를 저었다.

"나는 때때로 누군가의 소원을 들어주곤 한다. 그것은 대가가 필요하기 때문이 아니라 오직 내 기분이 동하였기 때문이다."

그는 고개를 들어 하늘을 올려다보았다.

검은 하늘에서는 무정하게 메마른 서풍만 불어오고 있었다.

그러나 천천히 공기가 바뀌기 시작했다.

마른 공기 속에서 물기가 느껴졌다.

에스트리트도 변화를 느끼고 자신의 뺨을 만져 보았다.

습기 때문에 얼굴이 약간 끈적하다.

툭툭.

그리고 어느덧 하늘에서 물방울이 하나씩 떨어지기 시작했다.

쏴아아아!

가느다란 빗줄기는 엄청난 양의 폭우로 바뀌었다.

에스트리트는 잠시 서 있는 것만으로도 속옷까지 흠뻑 젖고 말았다.

성을 집어삼키던 불길도 비를 이기지 못했다.

"와아아아!!"

"살았다! 이젠 살았어!"

사람들이 서로 얼싸안고 눈물을 흘렸다.

에스트리트는 두 손으로 비를 모으다가 고개를 돌려 테오발트를 바라보았다.

비가 억수같이 퍼부어 바로 앞에 있는 그의 얼굴조차 잘 보이지 않는다.

언뜻 나른한 그의 표정이 보였다.

이 어마어마한 이적을 일으키고도 그는 숨도 차오르지 않는 것이다.

그녀는 가볍게 오한을 느꼈다.

"당신은… 정말로 사람이 아니었군요."

공포로 인한 것이 아니다.

그것은 경외였다.

무시무시한 힘으로 왕성을 파괴하는 마족을 본 적도 있지만 그것과는 차원이 다르다.

그녀는 자신도 모르게 고개를 숙였다.

위대한 권자 앞에서 감히 고개를 들고 서 있을 수가 없었다.

손을 가슴 위에 얹고 가능한 공손하게 몸을 낮춘다.

사람들이 에스트리트를 보았다.

스톰폴트 왕국의 유일무이한 후계자인 그녀는 오직 현 국왕 앞에서만 고개를 숙일 수 있었다.

그녀가 도대체 누구를 위하여 고개를 조아리는가.

에스트리트 공주의 앞에는 청년이 서 있었다.

공주도 몸을 낮추었는데 그들이 고개를 뻣뻣이 세우고 있을 수는 없는 일.

사람들은 뭣도 모르고 고개를 숙였다.

그러나 여전히 머뭇거리며 어색하게 여기는 자들도 있었다.

"베르그이젤이다. 신의 사자다."

그때 누군가가 청년을 가리키며 말했다.

그제야 사람들은 몸을 낮춰야 하는 이유를 깨달았다.

성 전체가 불에 집어삼켜지기 직전에 하늘이 그들을 가엾게 여겨 비를 내려주었다.

어쩌면 그가 하늘에 구원을 요청했을지도 모르는 일이다.

테오발트는 깊이 조아리고 있는 그녀에게 손을 내밀었다.

"일어나라. 나는 숭배받는 일에 익숙하지만, 네 앞에서는 평범한 연인이고 싶구나."

에스트리트는 그의 손을 잡았다.

비가 쉴 새 없이 내려 불길을 완전히 꺼뜨렸다.

같은 시각 레논은 사람들을 밖으로 피신시키고 있었다.

"니는 불과는 싱싱이 안 좋은네 발이야!"

그는 바람을 일으켜 연기를 밀어내며 불만을 토했다.

자신이 물을 다루는 용이었다면 훨씬 도움이 되었을 것이다.

하지만 사실은 연기를 억누르는 것만으로도 큰 도움이 되고 있다.

화재가 났을 때는 불길보다 연기로 인한 질식사가 더욱 문제가 되는 경우가 많다.

"이쪽으로!!"

그가 소리치자 사람들이 다급히 밖으로 달려나갔다.

하지만 카델룬 백작과 항복해 왔던 둠 왕국의 장수들은 꼼짝도 하지 않고 자리에 앉아 있었다.

레논이 그의 팔을 잡아 강제로 일으켰다.

"어서 움직이십시오!"

"내가 불을 질렀으니 내가 책임을 지겠네."

짐작은 하고 있었으나 역시 이 불은 카델룬 백작 등이 지른 것이었다.

레논은 소리 질렀다.

"이게 무슨 짓입니까! 성 안에 있는 무고한 백성들은 무슨 죄가 있다고!"

"내 분명히 경고했을 것이다!! 마지막 하나가 남을 때까지 성을 지키겠다고!!"

카델룬 백작은 물러서지 않았다.

그 서슬 퍼런 음성에 레논이 잠깐 멈칫했을 정도다.

화르륵.

불길이 연회장 안쪽까지 번져 들어왔다.

벽면을 치장하고 있는 화려한 커튼에 불이 옮겨 붙으면서 삽시간에 불이 번지기 시작했다.

"레논 경! 여기서 벗어나야 합니다!"

사람들이 다급히 소리쳤다.

레논은 급해져 카델룬 백작의 팔을 끌어당겼다.

"젠장! 아무래도 좋으니까 그만 일어나!!"

"나는 움직이지 않겠다."

카델룬 성주는 고집스럽게 말했다.

다른 이들도 각오를 굳힌 듯 눈을 굳게 감았다.

레논은 다급해졌다.

계속 지체하다간 다른 사람들까지 피신시키지 못할 것 같았다.

그때 불길이 카델룬 백작이 앉은 자리를 덮쳤다.

"백작!!"

레논은 이를 악물었다.

역시 그를 내버려 두고 도망치는 것은 할 수 없었다.

그는 싱김 카간을 꺼내 들었다.

검신 위로 파괴적인 힘이 회오리친다.

그는 검을 들어 있는 힘껏 연회장 벽면을 후려쳤다.

콰아앙!!

돌로 만들어진 벽이 박살 나며 커다란 구멍이 뚫렸다.

바깥바람이 들어오며 숨쉬기가 조금 편해졌다.

하지만 질식의 위험에서 잠깐 벗어났을 뿐이다.

레논은 구멍 밖을 내려다보며 이를 악물었다.

차라리 백작과 다른 이들을 데리고 밖으로 뛰어내릴까?

그러나 저들은 이 자리에서 죽을 각오를 하고 있다.

뛰어내리려 하면 분명히 저항이 있을 텐데 제대로 비행할 수 있을지 의심스럽다.

구조하려다가 사람을 허공에서 떨어뜨린다면 그 무슨 낭패인가.

고민에 빠져 있던 레논은 뒤늦게 성 전체의 모습을 보았다.

성 전체에 이미 불이 걷잡을 수 없이 번져 있었다.

늙은 노인이 불타오르는 집을 보며 통곡을 하고 있다.

아낙이 아이를 안고 울부짖으며 도망가고 있었다.

"이게… 당신이 원한 광경입니까?"

레논이 밖을 가리키며 물었다.

백작은 이를 악물었다.

그래도 주민들이 불에 타죽는 만큼 스톰폴트 병사들도 피해를 입을 것이다.

"스톰폴트 놈들을 불구덩이에 집어넣고 나도 지옥으로 가겠다!!"

그에게 흔들림이란 없었다.

톡.

그때 얼굴에 뭔가 차가운 것이 떨어졌다.

카델룬 백작은 얼굴을 만져 보고 그것이 물방울임을 알았다.

"비?"

레논도 하늘을 올려다보았다.

갑자기 비가 쏟아지기 시작했다.

작은 비가 아니라 엄청난 양의 폭우였다.

성을 붉게 물들이고 있던 불길이 삽시간에 꺼져가기 시작했다.

비장한 얼굴로 앉아 있던 카델룬 백작이 황급히 자리에서 일어났다.

"아, 안 돼!!"

그는 비명처럼 소리쳤다.

이럴 수는 없다.

스톰폴트 놈들을 모조리 태워 버리기 전까지는 이 불은 꺼져시는 안 된다.

비가 내릴 계절도 아닌데 어찌 이렇게 기가 막힌 타이밍에 폭우가 쏟아진단 말인가.

"…테오발트."

이 자리에서 유일하게 레논이 상황을 간파했다.

성 전체를 감싸고 있는 익숙한 힘이 느껴졌다.

그는 사람들을 모두 구하여 건물 밖으로 나왔다.

"고생했다."

테오발트가 사람들을 구하느라 이리 뛰고 저리 뛰어다닌 레논을 치하했다.

그때 포박되어 있던 카델룬 백작이 노성을 토했다.

"어째서!!"

쾅!

그는 주먹을 들어 땅을 내리쳤다.

주먹에서 피가 튀었으나 관계치 않았다.

원통하고 분하여 견딜 수 없다.

하늘에서 비가 내리고 있다.

어째서 하늘조차 스톰폴트의 편을 들고 있단 말인가.

"정녕 이것이 신이 뜻이란 말인가!! 나는 인정 못한다! 어째서 둠 왕국이 멸망당해야 하는가!! 어째서 저 무도한 북부 놈들에게 정복당하지 않으면 안 되느냔 말이다!!"

테오발트가 걸어 나왔다.

모든 사람들의 시선이 그에게 몰렸다.

"둠 왕국 중심부에 마족이 있다. 그녀가 버티고 있는 한 스톰폴트가 침략하지 않아도 둠 왕국이 망하는 건 시간문제다.”

카델룬 백작이 눈에 핏발을 세우고 그를 노려보았다.

“테오발트 폰 베르그이젤! 수치도 모르고 신의 사자를 사칭하고 있다지?”

“나는 한 번도 스스로를 신의 사자라고 말한 바가 없다. 주위에서 쓸데없이 소란을 피우고 있을 뿐이다.”

테오발트는 비에 젖은 머리카락을 쓸어 넘겼다.

하지만 빗줄기가 굵어서 이내 머리카락이 얼굴 아래로 흘러내린다.

그가 거추장스러운 듯 살짝 눈살을 찌푸렸다.

갑자기 그의 머리 위에서 억수같이 쏟아붓던 비가 천천히 가늘어지기 시작했다.

성 내에 불길이 완전히 잡히자 마치 할 일을 모두 끝마쳤다는 듯이 비가 뚝 그쳤다.

그는 한 번도 자신을 신의 사자라고 말하지 않았다.

하지만 사람들은 어째서인지 그를 신의 사자라고 단정하고 있었다.

카델룬 백작은 그런 소문이 퍼진 이유를 어렴풋 알 것도 같았다.

우지직.

그러나 그는 직감을 거부하며 주먹을 그러쥐었다.

돌바닥을 긁는 바람에 손톱이 깨지고 피가 흘렀다.

"그놈의 마족 핑계는 신물이 나는군. 치졸한 스톰폴트의 겁쟁이 놈들, 둠 왕국의 영토가 탐나면 그렇다고 당당히 말해라! 왕국에 마족 따위는 존재하지 않아!! 네놈 따위가 신의 사자라니 코웃음도 나오지 않는다!!"

"저 나쁜 놈!"

"저놈을 끌어내라!"

여기저기서 분노가 담긴 소리가 터져 나왔다.

모든 이들이 테오발트를 신처럼 추앙하고 있었다.

그뿐 아니라 사람들은 카델룬 백작 때문에 산 채로 불에 타 죽을 뻔했다.

간신히 여동생과 함께 빠져나온 소년이 돌멩이를 집어 카델룬 백작에게 던졌다.

"죽어버려!"

그것을 시작으로 다른 이들도 돌을 던지기 시작했다.

카델룬 백작은 돌멩이를 피하지 않았다.

그저 침통한 얼굴로 무릎을 꿇고 있을 뿐이다.

그때 카델룬 백작과 함께 투항했던 루세운 자작이 뛰어나와 그 돌을 대신 맞았다.

"그만둬!!!"

그는 일개 문관에 불과했다.

하지만 순간적으로 그가 내지른 일갈이 어찌나 컸던지 잠깐 돌팔매질이 멈췄다.

"성주님은 이 성과 이 나라를 지키고자 했다! 추잡한 매국노들이 투항을 권유하며 수없이 많은 재물을 약속했으나 모두 뿌리쳤다! 나라 없는 백성들의 말로가 어찌 되는지 알고 있기 때문이다! 저놈은 기껏해야 스톰폴트의 앞잡이에 지나지 않아! 뭐가 신의 사자라는 거냐! 그걸 그렇게 모르겠단 말인가!"

루세운 자작이 테오발트를 가리켰다.

그는 한 번도 자신의 길을 의심해 본 적이 없었다.

나라에 망조가 들자마자 뱀 같은 메사드 백작에게 투항해 버린 이기적인 놈들을 수없이 많이 봐왔다.

죽는 한이 있어도 그 추악한 놈들과 한 배를 타진 않으리라고 몇 번이나 다짐해 왔다.

그오오오…….

그때 저 먼 곳에서 정체를 알 수 없는 짐승의 울음소리가 들려왔다.

음울하고 불길한 울림이다.

사람들이 하나둘씩 소리가 나는 방향으로 고개를 돌렸다.

루세운 자작과 카델룬 백작도 하늘을 쳐다보았다.

카델룬 성에서 왕성까지는 일직선이다.

날씨가 좋을 때는 왕성의 끝자락이 보이기도 한다.

왕성의 상공에 천천히 검은 구름이 퍼져 나왔다.

마치 지옥으로 향하는 입구가 열리듯이.

그 사이로 거대하고 추악한 마물이 기다란 몸뚱이를 천천히 세상에 펼쳤다.

마물은 모두가 익히 알고 있는 형태를 하고 있었다.

"저, 저건 용이잖아!"

"용이 썩어 있어!"

사람들이 하얗게 질려서 소리쳤다.

용은 상상 이상으로 굉장히 아름다운 생물이다.

전신의 비늘이 마치 잘 다듬어놓은 보석과도 같고, 늘씬한 몸으로 미끄러지듯이 허공을 노닌다.

그러나 왕성의 상공에 나타난 용은 앙상한 뼈대 위에 썩은 살들이 간신히 붙은 모습이었다.

아름다운 비늘은 온갖 오물이 묻어 누렇게 변해 버린 지 오래이다.

그 불길한 모습이라니!

카델룬 백작은 비명을 질렀다.

"이건 꿈이다!! 꿈이어야만 해!"

어째서 왕성 위에서 저런 마물이 나타난단 말인가!

루세운 자작도 자리에 주저앉고 말았다.

마지막까지 나라를 지키고자 했던 그들의 마지막 신념이 산산이 부서지고 있었다.

왕성 위에서 갑자기 나타난 구름이 점점 세를 키우며 다가오는 것 같은 기분이 들었다.

아니, 실제로 썩어버린 용이 불길한 구름을 두른 채 카델룬 성을 향해 점점 다가오고 있었다.

"어째서! 어째서!!"

카델룬 백작이 절망 섞인 음성으로 소리쳤다.

사람들은 숨을 죽인 채 몸을 떨었다.

왕성에서는 무슨 일이 벌어지고 있는 건가?

대체 저 끔직한 용은 무엇이란 말인가.

사람들 중 일부가 레논에게 시선을 주었다.

흉측한 모양을 하고 있으나 저것도 일단은 용처럼 보였다.

청룡의 화신인 그는 무엇을 알고 있지 않을까?

그러나 레논은 사람들의 시선을 느끼지 못했다.

지독한 분노로 떨고 있었기 때문이다.

어째서 여태껏 용들의 기척을 느끼지 못했는지 이제야 알 것 같다.

수인족이 사악한 마법사의 실험에 이용되었던 것처럼 저 사악한 것을 만들기 위해 모든 용들이 희생된 것이다.

검은 그림자가 천천히 머리 위를 뒤덮는다.

이윽고 카델룬 성에 당도한 썩은 용이 천천히 상공을 맴돌았다.

성곽 위에 용을 만들어낸 마법사가 모습을 드러냈다.

"킨 볼프!"

악터스가 가장 먼저 그의 기척을 알아채고 소리쳤다.

킨 볼프가 킬킬 웃었다.

"악터스로군. 이걸 봐라. 수인족을 이용해서 실험을 거듭하고 용을 재료로 사용해서 완성한 인생 최고의 역작이다. 마력은 부족하지만 재생력이 강해서 고위 마족도 상대할 수 있을 정도다."

"고위 마족이라고?"

악터스는 의문을 표했다.

이곳에 불사왕이 존재하는 한 고위 마족이 수백 명이 몰려온들 전부 허사인데 킨 볼프는 뭘 믿고 저렇게 큰소리를 치는 것인가.

"하하하하하!!"

그때 킨 볼프가 크게 웃어젖혔다.

"악터스, 언제부터 네놈이 고위 마족의 힘을 그렇게 우습게 여기게 되었지? 왕의 심복이 되어 그분의 위대한 권능을 매일 접하다 보니 정신을 못 차리고 있군. 이 얼빠진 마법사야. 네놈은 여전히 비루먹은 인간 나부랭이일 뿐이다.”

킨 볼프는 악터스를 조롱한 뒤 자랑스럽게 자신의 용을 소개했다.

“자, 내가 이룩해 낸 업적을 보아라. 고위 마족의 힘을 지닌 인공 생명체다. 마족과 불사왕의 바지자락에 매달리지 않고도 그 힘을 손에 넣었다! 알겠느냐? 이 두 손 안에 그 비기가 있다!”

“……!!”

악터스는 뒤늦게 당황했다.

생각해 보니 킨 볼프의 말 중 하나도 틀린 것이 없었다.

고위 마족의 힘은 신의 권능에 필적할 만하다고 한다.

킨 볼프는 불사왕의 살점을 얻지 않고도 스스로의 힘으로 신의 경지에 오른 것이다!

악터스는 당장에라도 킨 볼프에게 달려들어 그의 비기를 빼앗고 싶은 충동을 느꼈다.

눈빛이 돌아간 것은 다른 마법사들도 마찬가지다.

사해의 마법사들은 모두 반쯤 미쳐 있다.

힘을 얻기 위해서라면 못할 것이 없는 것이 마법사란 속속인 것이다.

“입 닥쳐라! 네놈이 감히!”

그때 레논이 노성을 지르며 나섰다.

전신의 털이 삐죽삐죽 선다.

일개 인간이 신의 힘을 지니기 위해 얼마나 끔찍한 배덕을 저질렀는지 상상이 가질 않는다.

킨 볼프는 마법사 전쟁 이후 잔혹한 실험을 꾸준히 이어왔다.

그 그간만 해도 백 년이 넘고, 실험체가 되어 학살당한 자의 숫자만 수만 명에 이르렀다.

고통과 비명이 하늘에 닿아 흉측한 형태를 갖추었다.

그어어어어어!

시커멓게 썩어버린 용이 괴성을 토했다.

그 불길한 음성을 듣는 것만으로도 어깨가 묵직해졌다.

"네놈만은 반드시, 반드시 처단하겠다."

레논이 스스로 다짐하며 검을 굳게 쥐었다.

우우우우웅!!

그의 손아귀에 있던 성검 카칸이 스스로 바람을 일으키며 분노했다.

킨 볼프는 레논이 분노하는 것을 보고 오히려 기뻐했다.

"그래, 어서 오너라! 나의 키메라와 싸워서 그 강력함을 증명해라! 내가 이룬 강력함을 세상 천지에 알리는 거다! 나는 비루한 인간의 껍질을 벗고 세상의 정점에 이를 것이다! 그것을 위해서라면 목숨을 잃는다 한들 개의치 않는다!"

킨 볼프가 목에 핏대를 세우며 세상을 향해 외쳤다.

두 눈이 흥분으로 시뻘겋게 물들었다.

"미친놈!!"

레논은 흔치 않게 욕지기까지 뱉어냈다.

"레논! 가세하겠다!"

엔하가 신궁을 들고 뒤따랐다.

"지그문트, 그대도 힘을 더해다오."

지그문트는 웃는 낯으로 엔하의 요청에 따랐다.

부드러운 얼굴로 가장하고 있으나 사실 지그문트의 정체는 마족이다.

마족인 그가 용케도 요정의 말에 고분고분 따르고 있었다.

엔하와 지그문트가 다가오자 레논은 마음을 다스리며 흥분을 가라앉혔다.

마음의 평정을 잃은 상태로는 실수를 저지르기 쉽다.

"감사합니다. 두 분이 있어 마음이 든든하군요."

그는 부드러운 눈빛으로 두 사람을 바라보았다.

"오오오오!!"

성검과 신궁을 가진 세 사람이 한 곳에 서자 사람들이 탄성을 질렀다.

전설의 세 영웅이 다시 한자리에 선 듯하다.

레논이 바람을 일으켜 공중에 몸을 띄우고 선공을 시도했다.

콰르릉!!

성력이 무섭게 회오리쳤다.

키메라가 거체를 움직이기 시작했으나 워낙 몸체가 크기 때문인지 움직임이 굼떴다.

슈각!

성검 카칸이 용의 허리께를 갈랐다.

공격이 너무 쉽게 명중한 것이 이상할 정도였다.

허공에서 방향을 선회한 레논은 상공을 올려다보았다.

허리가 잘려 나갔지만 키메라용은 무슨 일이라도 있었냐는 듯 천천히 상공을 유영하고 있었다.

그나마 잘려 나간 상처도 순식간에 아물어 버렸다.

"혹시 잊고 있는 게 아닌가 싶어서 말해주는데 저 용은 마족이 아니다. 내가 만들어낸 키메라란 말이다."

싸움을 지켜보고 있던 킨 볼프가 말했다.

키메라는 마족이 아니기 때문에 성검에 치명적인 피해를 입지 않는다.

그에 비해 보유하고 있는 마력은 고위 마족에 준하는 수준이다.

대단히 상대하기 까다로운 존재였다.

"이것도 안 통하는지 볼까?"

지그문트가 얼음성검 브룬힐트를 들어 올려 눈보라를 일

으켰다.

하얗게 눈이 흩날리며 키메라의 몸이 얼어붙기 시작했다.

크오오오오!!

키메라는 더 이상 당하고만 있지는 않겠다는 듯 커다랗게 포효했다.

놈이 목을 뒤틀며 사방으로 괴성을 지르자 주변에 수백 개의 압축 공기가 생성되었다.

공기가 잔뜩 압축되었다가 순간적으로 팽창하며 폭발하기 시작했다.

눈보라 속에서 폭발이 일어나며 자욱하게 안개가 일어났다.

안개 사이로 키메라용의 거체가 불쑥 튀어나왔다.

놈은 곧장 지그문트를 향해 꼬리를 휘둘렀다.

키메라는 지그문트를 목표로 삼고 있었으나 꼬리가 어찌나 거대한지 근방을 전부 휩쓸어 버릴 정도였다.

"이런!"

근처에 있던 엔하가 혼비백산하여 몸을 피했다.

마치 머리 위로 산이라도 무너지는 듯하다.

그녀는 산 아래에 깔리기 전에 요정의 모습으로 변해 하늘 위로 날아올랐다.

간발의 차로 공격을 피한 그녀는 아직 지그문트가 적의 공격 범위 안에 있는 것을 보고 깜짝 놀랐다.

"지그문트?!"

지그문트라면 이 정도는 손쉽게 피할 수 있으리라 생각했다.

어쨌거나 그는 만년장로 적무연의 힘을 그대로 이어받은 대마족이 아닌가.

실제로 지그문트에게 이 정도 공격은 대수롭지 않았다.

그뿐 아니라 혼자 힘으로 당장에 저 키메라를 때려눕힐 수도 있었다.

하지만 그는 두 손 놓고 자신을 공격하는 키메라를 쳐다보기만 했다.

쾅과광!

키메라의 꼬리에 휩쓸린 지그문트는 높이 퉁겨 올랐다가 둔탁한 소리를 내며 바닥에 처박혔다.

강한 충격에 어깨와 가슴이 사정없이 짓뭉개졌다.

"커억! 크으윽!"

지그문트는 으스러진 반신을 잡고 피를 토했다.

그러면서 낄낄거리고 웃었다.

"지그문트……!"

엔하는 이를 깨물었다.

저런 상태라면 도저히 전력이 되질 않는다.

지그문트를 바닥에 처박은 키메라는 끝장을 보겠다는 듯

숨을 들이마셨다.

그리고 지상을 향해 커다랗게 포효했다.

100미터 상공에서 지그문트가 서 있는 지상까지 일직선으로 폭발이 일어났다.

지그문트가 입가에 피를 훔쳐 내며 하늘을 올려다보았다.

공기가 폭발하며 그곳에 있는 것을 사정없이 찢어발긴다.

바로 눈앞에서 폭발이 일어나는 것을 보며 지그문트는 미소까지 흘렸다.

그 순간 지그문트의 몸이 폭발에 휘말렸다.

지켜보고 있던 사람들이 비명을 질렀을 정도다.

그때 하늘에서부터 광포한 바람이 키메라의 머리를 강타했다.

"타하!"

레논이 바람의 성검 카칸의 힘과 청룡의 힘을 극대로 끌어내어 바람을 일으킨 것이다.

순간의 틈을 이용한 공격은 제대로 성공했다.

매서운 강풍이 작렬하여 키메라의 머리를 터뜨려 버렸다.

하지만 살아 있는 생물의 머리가 터졌다는 느낌이 아니다.

차라리 다 썩은 건물의 일부가 부서져 나갔다는 느낌에 가까웠다.

키메라는 왼쪽 눈과 아래턱의 일부만 남은 얼굴로 레논을 쳐다보았다.

고통을 전혀 느끼지 않는 것이 분명하다.

게다가 박살이 난 머리가 천천히 복구되어 가는 것이 보인다.

"그렇다면 가루가 될 때까지 부숴 버리면 그뿐이다!"

엔하가 결연히 외치며 화살을 연이어 쏘았다.

쾅쾅쾅!

확실히 키메라는 움직임이 많이 굼떴다.

그녀가 쏜 화살이 연이어 명중했고 거체가 조금씩 부서지고 있었다.

레논도 성검을 들고 엔하의 집중포화에 가세하려 했다.

크와아아앙!

그때 키메라가 머리를 높이 치켜들며 전에 없이 크게 포효를 질렀다.

놈은 숨을 크게 들이마셨다가 엔하를 향해 숨결을 토했다.

강력한 산성이 포함된 숨결은 닿는 것을 모조리 녹여 버렸다.

다시금 화살을 장전하던 엔하는 숨결을 피할 수가 없었다.

본래 그녀의 역할은 저격이라 방어 기술을 많이 가지고 있지 못했다.

전투 시에는 반드시 동료가 그녀를 보호해 주어야만 했다.

“엔하님!!”

레논이 그 역할을 수행하기 위해 뛰어들었다.

“오지 마!”

그녀는 레논을 만류했다.

키메라는 움직임이 조금 굼뜨긴 해도 공격력은 굉장히 강했다.

레논이 어떻게 막을 수 있는 수준이 아니다.

콰앙!!

레논이 펼친 바람의 막에 산성액이 가로막혔다.

하지만 이내 방어막도 녹아버리고 앞으로 뻗은 손과 팔이 녹기 시작했다.

“크으윽!”

레논의 입에서 신음이 흘러나온다.

엔하는 다급히 시위에 걸어놓은 화살을 바닥으로 향해 쏘았다.

콰앙!

땅이 폭발하면서 위로 솟구쳐 올랐고 흙과 바위가 두 사람 대신 산성액에 녹아서 방어막이 되어주었다.

그러나 너무 근접한 장소에서 활을 쏜 덕분에 엔하와 레논도 폭발에 휘말리고 말았다.

두 사람은 2미터 이상 날아가서 바닥에 처박혔다.

흙모래가 자욱하다.

엔하는 먼지를 걷으며 몸을 일으켰다.

다행히 그녀의 상태는 나쁘지 않았다.

하지만 레논은 브레스를 막아내면서 이미 부상을 입은 상태에서 다시 폭발에 휘말리며 중상을 입고 말았다.

"레논……!"

그의 부상을 걱정할 시간조차 없었다.

키메라가 지상으로 내리꽂히듯이 하강해 왔다.

쿠우웅!!

놈이 네발로 지상에 섰다.

단순히 지상에 내려섰을 뿐인데 지진이라도 난 듯 땅이 흔들렸다.

키메라가 엔하의 작은 몸을 단번에 찢어발길 기세로 손톱을 날렸다.

"……!!"

절체절명의 순간이었다.

그러나 또 한 번 그녀의 앞을 가로막은 자가 있었다.

그녀의 눈동자가 크게 흔들렸다.

"그, 그대가 어째서……!!"

그녀를 구하기 위해 뛰어든 것은 지그문트였다.

과거에 지그문트는 동료를 위해서 서슴없이 자신의 몸을

던지는 사람이었다.

하지만 마족이 되어버린 현재의 지그문트는 달랐다.

마족이 동료를 위해 희생했다는 이야기는 들어본 적도 없다.

지그문트는 한 손으로 키메라의 발톱을 막고 있었다.

하지만 조금씩 키메라의 힘에 짓눌리기 시작했다.

팔이 조금씩 꺾이고 무릎이 꺾인다.

압력 때문에 팽팽해진 근육이 찢어지고 피가 흘렀다.

급기야 그는 왈칵 피를 토하고 말았다.

하지만 전신을 부들부들 떨면서도 그는 끝까지 그 자리에서 버텼다.

"마족인 당신이 어째서 우리를 지키려고 하는 거지?"

엔하가 레논을 부축하며 물었다.

지그문트가 몽롱한 눈으로 그녀를 응시했다.

이미 두 차례 공격에 명중당하여 온몸이 피딱지로 더럽혀져 있다.

그 위로 다시 선홍색 피가 흘러내린다.

"아아. 이런 일이라면 얼마든지 대신에 줄 용의가 있거든."

그는 중상을 입은 레논을 턱짓으로 가리켰다.

사지가 짓눌려 터질 것만 같은 감각이 그저 유쾌하기만

했다.

"지, 지그문트!"

그때 엔하가 비명처럼 소리 질렀다.

목표물을 없애는 데 연이어 방해를 받고 잔뜩 독이 오른 키메라가 지그문트를 한 입에 뜯어먹을 기세로 달려들었다.

"이런."

어지간한 공격은 받아줄 생각이지만 아직 죽어줄 생각까지는 없다.

지그문트는 고개를 젖히며 뒤로 물러났다.

그러나 이미 전신의 뼈가 으스러지고 근육이 파열한 상태다.

제아무리 재생력이 좋은 마족이라 해도 생각처럼 몸을 움직이기가 어려웠다.

그가 조금 지체하는 사이 키메라가 달려들었다.

우드득!

놈은 지그문트의 팔뚝을 물어뜯었다.

그대로 팔을 씹어 삼키며 키메라는 하늘 위로 솟구쳐 올랐다.

크르르.

하늘을 선회하던 키메라의 상태가 갑자기 이상해졌다.

거의 뼈만 남아 있던 몸뚱이에 서서히 살이 차오르기 시작한 것이다.

살 위에는 찬란한 붉은빛 비늘까지 돋아나고 있었다.

이제까지 키메라는 시체가 움직이고 있다는 느낌이었다.

그런데 지금 키메라는 살아 숨쉬는 진정한 용으로 새로이 태어나는 것처럼 보였다.

"아, 안 돼! 이런 일이!"

엔하가 뒤늦게 그 이유를 깨닫고 신음성을 질렀다.

지그문트는 마족이다.

마족의 살점을 먹어치운 탓에 키메라는 지금 마족으로 부활하고 있었다.

낭패도 이런 낭패가 따로 없다.

키메라를 처치하려다가 마족을 하나 더 만들어내고 말았으니.

팔을 잃은 지그문트는 키메라가 새로이 마족으로 탄생하는 광경을 보았다.

그는 비틀거리며 한 걸음을 내디뎠다.

언제 어디서든 항상 유들유들한 태도로 일관하던 지그문트이다.

그런데 그의 얼굴이 서서히 분노로 일그러지기 시작했다.

"너덜너덜한 걸레 주제에 감히……."

여유롭던 음성도 험악하게 변했다.

팔을 잃고, 그 안에 담긴 마력을 잃었기 때문인가?

아니다, 지그문트는 마력에 크게 집착하지 않았다.

마력을 잃는 것에 연연했다면 성검을 껴안고 킬킬대는 짓은 하지 못했을 것이다.

콰직!

지그문트가 잘려 나간 어깨의 상처를 사납게 움켜쥐었다.

피가 터지고 살점이 떨어졌다.

"이 피도, 이 살점도 전부 내 것이다! 전부 내 마음대로란 말이다! 너 따위 걸레가 감히 탐해도 될 물건이 아니야!!"

상처에서 분수처럼 터져 나온 핏물이 작은 구슬 크기로 뭉쳐 허공에 떠올랐다.

핏물이 땅에서 하늘 위로 솟구쳐 올랐다.

피의 비가 내렸다.

대지에서 역으로 하늘을 향해.

수백 개, 수천 개의 핏물이 키메라의 몸뚱이를 꿰뚫고 지나갔다.

크아아아!!

키메라가 몸을 뒤틀며 비명을 질렀다.

놈은 마족으로 변하며 고통에 대해서 알게 된 듯하다.

지그문트는 성검 브룬힐트를 뽑아 들었다.

브룬힐트가 성력이 담긴 냉기를 왈칵 쏟아냈다.

성스러운 힘이 지그문트의 손을 태우고 있지만 그는 전혀 관계치 않았다.

마족인 그가 성검을 들고 하늘 위로 치솟았다.

지그문트가 진심으로 나오자 키메라는 도저히 그의 상대가 되지 않았다.

촤아악!

단칼에 키메라의 한쪽 날개가 잘려 나갔다.

그는 다른 쪽 날개마저 피막을 찢고 날갯죽지를 베어냈다.

놈이 발광을 하며 발톱을 휘두르자 지그문트는 가볍게 허공에서 도약하여 공격을 피했다.

그리고 브룬힐트를 휘둘러 발을 잘라 버렸다.

그는 키메라의 커다란 머리 위로 내려섰다.

확실히 키메라가 크기는 크다.

키메라에 비하면 성검은 이쑤시개나 다름없어 보인다.

하지만 지그문트는 아랑곳 않고 검을 높이 치켜들어 놈의 미간에 쑤셔 넣었다.

한 번으로 멈추지 않고 검을 뽑아 다시 머리에 박았다.

수십 번 이상 검으로 내려찍자 커다란 머리가 조금씩 부서져 나가기 시작했다.

날개를 잃고 다리를 잃고, 머리가 터져서 피를 철철 흘리며 키메라는 고통스럽게 괴성을 질렀다.

"크하하하하하!!"

지그문트는 그 참혹한 모습을 보며 광소를 터뜨렸다.

어쩌면 처음으로 보는 지그문트의 마족다운 모습이 아닐까.

그때 키메라가 마지막 발악을 하며 꼬리를 휘둘렀다.

커다란 꼬리가 지그문트의 머리를 후려쳤고 그는 20미터 이상의 상공에서 곧장 지상으로 추락했다.

콰앙!

지그문트는 분명히 공격을 피할 수 있었다.

그런데도 일부러 머리를 대주고 땅에 처박혔다.

겨우 마족다운 모양새를 보이는가 싶더니 다시 특유의 괴벽이 도진 모양이다.

"…엉망진창이군."

지그문트의 행태를 보고 엔하는 복잡한 심정으로 중얼거렸다.

하지만 그가 다시 키메라와 맞서 싸우길 원치는 않았다.

이곳에서 키메라를 참살하였듯이 다른 곳에 가서는 사람을 참혹하게 찢어죽일 테니까.

아, 차라리 그가 엉망진창이라 다행이다.

계속 보고만 있을 수는 없다.

지그문트가 잠시 날뛰면서 키메라를 거의 전투불능 상태

로 만들어놓았다.

마무리만 지으면 될 단계다.

엔하는 호흡을 고르면서 천천히 활시위를 당겼다.

시위에 점점 빛이 몰려들기 시작하여 어느덧 찬연히 빛나는 화살이 완성되었다.

키메라는 성력에 피해를 입는 마족으로 변했다.

이 화살은 놈에게 치명상을 줄 것이 분명하다.

타앙!!

굉음을 내며 날아간 화살은 정확히 키메라의 미간에 박혔다.

겉으로만 봤을 땐 겨우 손톱만 한 상처가 났을 뿐이다.

그러나 키메라는 전신을 부들부들 떨었다.

고도로 응축된 성력이 키메라의 머리를 뚫고 들어가 전신을 장악하고 있었다.

크와아아아아아!!

놈이 대가리를 치켜들며 괴성을 터뜨렸다.

하지만 그것도 오래가지 않았다.

불기가 쫙 빠지는 것처럼 머리가 바싹 마르더니 순식간에 재로 변해갔다.

파사삭. 파삭.

회색 재가 바람에 휘말려 허공으로 날려갔다.

키메라의 머리는 재로 변해 사라졌다.

거대한 몸뚱이도 천천히 재로 변해가고 있었다.

엔하는 신궁을 내리고 그 광경을 바라보았다.

"끝이다."

전투를 지켜보던 이들도 그제야 안도의 한숨을 쉬었다.

다행히 큰 피해 없이 적을 물리칠 수 있었던 것 같다.

그때 킨 볼프가 몸뚱이만 남은 키메라의 곁으로 다가갔다.

그는 씁쓸하게 미소를 지으며 그 위에 손을 올렸다.

"내 걸작이 금방 폐기물로 전락해 버렸군. 오래 버틸 거라 생각지도 않았지만."

다른 누구의 힘도 빌리지 않고 고위 마족 급의 생명체를 탄생시켰다.

분명 그가 이룩한 업적은 어마어마한 것이다.

하지만 이곳에는 불사왕이 있다.

그는 감히 범접할 엄두도 내지 못할 아득한 절대자.

고위 마족 하나로 판도가 어떻게 달라지지는 않는다.

킨 볼프는 그저 자신의 업적을 확인하고 싶었을 뿐이다.

"실험 결과는 무척 만족스러웠다. 감격에 젖을 시간이 길지 않다는 것이 아쉬울 뿐."

잔악한 마법사 주제에 그는 평온하게 웃었다.

킨 볼프는 자신의 힘과 키메라의 육신에 남은 모든 마력을 기폭시켜 한계까지 끌어올렸다.

엔하는 그 광경을 보고도 크게 긴장하지 않았다.

이미 승패가 갈렸다고 생각하고 방심한 것이 실책이었다.

킨 볼프는 체내의 마력을 격발시키면서 생기는 순간의 화기를 한꺼번에 밖으로 방출했다.

반경 수십 킬로의 모든 사물이 형체도 없이 녹아버릴 정도로 강력한 화기가 뿜어져 나왔다.

킨 볼프가 마지막으로 자신의 몸을 터뜨리는 자폭술을 실행한 것이다.

"어차피 죽을 목숨이다. 가는 김에 작은 선물 하나는 남기고 가지."

화염에 불타 사라지며 킨 볼프가 마지막 유언을 남겼다.

엔하는 크게 당황했다.

그녀는 신궁의 힘으로 불길을 막을 수 있었다.

문제는 킨 볼프가 격발시킨 화기가 너무 광범위하게 뻗어나가고 있다는 것이다.

주변에 있는 일반 시민들과 병사들이 그 힘을 막을 수 있을 리 없다.

카델룬 성주가 지른 불길에서 무사히 빠져나온 지 얼마 되지도 않아 다시 불길에 휩싸이기 일보 직전이다.

그때 따뜻한 손길이 그녀의 어깨를 짚었다.

익숙한 느낌에 엔하는 뒤를 보았다.

"레논!"

"제가 어떻게든 해보겠습니다. 걱정하지 마십시오."

레논이 미소 지으며 말했다.

양팔과 손이 독에 녹아서 심하게 뭉그러져 있었다.

그 주제에 걱정 말라고 웃는다.

엔하는 울컥하는 마음에 소리를 질렀다.

"걱정은 개뿔!! 네놈 상태나 돌보아라! 그대는 큰 부상을 입었다. 무리하면 큰 화를 입을 거야!"

"이래 봬도 저는 용입니다. 사람들을 그냥 죽게 내버려 둘 수는 없죠."

레논은 하늘을 올려다보았다.

그의 몸이 순식간에 청룡의 본신으로 바뀌며 하늘 위로 치솟아올랐다.

하늘을 가득 메우는 엄청난 크기의 거체.

다 썩어문드러진 키메라용과는 모든 것이 달랐다.

푸른빛이 감도는 비늘과 날씬한 몸은 정말이지 아름다웠다.

청룡은 성검을 구슬 형태로 변환시켜 손에 움켜쥐고 전력을 다해 바람을 일으켰다.

돌개바람이 일어나 사방으로 쏟아지던 불길의 궤도를 바

꾸었다.

구구구구구구.

사방으로 뻗어나가는 화기를 한 곳에 모으는 것은 쉬운 일이 아니다.

바람이 몰아칠 때마다 땅이 심하게 울렸다.

"크르르르."

청룡은 주둥이를 잔뜩 찡그리고 이를 드러냈다.

상처 입은 손아귀에서 살점이 찢겨져 나갔다.

하지만 그는 구슬을 힘껏 움켜쥐고 바람을 제어하는 데 전력을 다했다.

화염을 머금은 바람이 허공 위로 휘돌아 올라가며 서서히 사라졌다.

사람들은 하늘 위로 사라지는 돌개바람을 바라보며 안도의 한숨을 쉬었다.

킨 볼프가 마지막으로 발악을 했으나 결국 누구 하나 다치지 않고 일이 마무리되었다.

그때 청룡의 신형이 서서히 지상으로 낙하했다.

쿠웅!

묵직한 소리를 내며 기다란 몸체가 바닥에 떨어졌다.

워낙 몸집이 커서 집이 몇 채 부서지고 말았다.

그러나 다행히 화재로 인해 대부분의 사람들이 집 밖으로 나온 상태라 부상을 입거나 죽은 자는 없었다.

단지 그들을 지키고자 한 청룡만이 큰 부상을 입었을 뿐이다.

"레논!"

엔하가 부서진 건물더미를 헤치고 그의 곁으로 달려갔다.

그의 몸에서 흘러나온 피로 땅이 진득거렸다.

그녀는 레논의 입가에 얼굴을 가져갔다.

숨소리가 들리지 않았다.

"아, 안 돼!! 이게 무슨 짓이냐! 무리하지 말라고 말했지 않아!!"

하나둘씩 사람들이 몰려들었다.

그들의 얼굴에도 걱정이 가득했다.

그때 어딘가에 처박혀 있던 지그문트가 피딱지를 털어내며 다가왔다.

그는 쓰러져 있는 청룡을 내려다보며 고개를 갸웃했다.

"죽었나 보지?"

"그 입 좀 닥쳐!!"

엔하는 버럭 고함을 질렀다.

소중하게 여기는 사람이지만 이때만은 한 방 먹여주고 싶은 심정이었다.

그때 갑자기 주변이 술렁거렸다.

사람들은 인기척을 느끼고 자신도 모르게 옆으로 물러나 길을 내주었다.

테오발트가 그 사이로 모습을 드러냈다.

그를 보는 순간 엔하는 엄마에게 도움을 청하는 아이의 심정으로 말했다.

"레논이, 레논이……! 어떻게, 어떻게 좀 해다오."

그녀는 테오발트를 좋아하지 않았다.

지그문트가 변절한 이유가 그의 탓이라고 여겼기에 마음 깊은 곳에서 숨은 거부감이 여전히 사라지질 않고 있었다.

그래도 그라면 어떻게든 레논을 도와줄 수 있을 거란 확신에 그에게 매달리게 되었다.

바로 그가 전능한 불사왕이니까!

테오발트는 고소를 지으며 대답했다.

"글쎄다. 나도 죽어버린 자를 어찌하지는 못한다. 창조모신조차 살아 있는 것은 반드시 죽는다고 단언하지 않았는가."

창조모신의 가장 큰 가르침 중 하나가 '필멸(必滅)'에 대한 것이다.

불현듯 이런 생각이 든다.

아, 어쩌면 그것은 경고나 으름장이 아닐지도 모르겠다.

그녀도 죽어가는 자들을 어찌하지 못하여 통탄에 잠긴 음성으로 그리 말한 것이 아닐까.

"어차피 산 자는 죽게 마련이다. 그건 거스를 수 없는 일이 겠지."

레논도 어차피 한번 죽을 목숨이다.

그가 죽어버리면 다시 되살려 내어 곁에 두리라.

기본 수명이 긴 용들은 마족이 되어서도 인간이었던 이들 보다 훨씬 오랫동안 생존하곤 했다.

그러니까 이놈 저놈 데려다가 마족으로 만드는 것보다 훨 씬 실용적이고 바람직하다.

테오발트는 레논의 머리에 손을 얹었다.

모든 이들이 숨을 죽이고 그 광경을 지켜보고 있었다.

이내 피식 하고 테오발트가 웃었다.

"아직 살아 있다. 명줄이 긴 놈이구나."

엔하가 너무 당황하여 제대로 상태를 살피지도 않고 죽었 다고 지레짐작을 해버린 것이다.

레논은 미약하지만 숨을 쉬고 있었다.

엔하가 뒤늦게 그 사실을 깨닫고 얼굴을 붉혔다.

청룡의 생존을 확인한 사람들이 환호성을 올렸다.

어느덧 새벽이 다가오고 있었다.

Chapter 04
검의 길

THE KING OF
IMMORTALITY

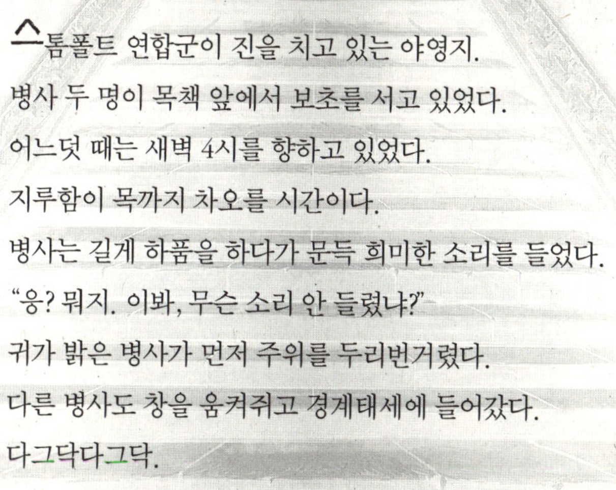

스톰폴트 연합군이 진을 치고 있는 야영지.

병사 두 명이 목책 앞에서 보초를 서고 있었다.

어느덧 때는 새벽 4시를 향하고 있었다.

지루함이 목까지 차오를 시간이다.

병사는 길게 하품을 하다가 문득 희미한 소리를 들었다.

"응? 뭐지. 이봐, 무슨 소리 안 들렸냐?"

귀가 밝은 병사가 먼저 주위를 두리번거렸다.

다른 병사도 창을 움켜쥐고 경계태세에 들어갔다.

다그닥다그닥.

이제는 말발굽 소리가 제법 정확히 들린다.

"웨… 웬 놈이냐?"

소리가 점점 가까워 오자 병사들은 창을 앞으로 내밀며 소리쳤다.

하지만 아무런 대답도 들리지 않았다.

한 필의 말이 사람을 태운 채 다가오고 있었다.

퍽.

말 위에 엎드려 있던 사람이 둔탁한 소리를 내며 바닥에 고꾸라졌다.

아군 갑옷을 입은 병사였다.

병사들이 다급히 달려가 쓰러진 사내에게 물었다.

"이봐, 무슨 일이야?"

"기… 기습… 커헉. 병… 병량 창고가… 커헉."

쓰러진 사내는 제대로 말을 잇지도 못했다.

등에는 화살 몇 개가 박혀 있었고 온몸 여기저기에 크고 작은 상처투성이였다.

뭔가 사단이 난 것이 틀림없다.

병사들은 황급히 사람을 불렀다.

밤이 깊었지만 커다란 군막 안은 아직 불이 밝혀져 있었다.

"이제 둠 왕국의 수도도 코앞이군요."

아름다운 목소리의 주인공은 에스트리트였다.

장교들이 저마다 한마디씩 했다.

"예. 늦어도 이틀이면 닿을 거립니다."

"우리들에겐 세 개의 신물이 있고, 수호룡이 함께이며, 게다가 신의 가호까지 있습니다! 무엇이 두렵겠습니까."

"이번 전쟁도 끝이 보이기 시작하는군요."

둠 왕국 수도에 도착하기만 하면 곧 전쟁이 끝날 듯한 분위기였다.

그들은 벌써 구국영웅이라도 된 듯 미소 지었다.

그때 메사드 백작의 냉랭한 음성이 찬물을 끼얹었다.

"아직 마링겐 왕비가 왕성 중심부에 버티고 있소. 그년은 성검을 일시적으로 무력화시킬 정도의 강력한 힘을 지닌 마족이오. 만만한 상대가 아닐 텐데?"

"이… 이보게, 메사드 백작."

하이젠버그 후작이 메사드 백작을 막아보려고 나섰다.

"게다가 사자왕이 여전히 건재하오."

그러나 메사드 백작은 거침없이 제 할 말을 다해 버렸다.

잠시 침묵이 감돌았다.

그러나 결국 대수롭지 않다는 듯 사람들이 입을 열었다.

"마링겐 왕비야 마족이니 두려워해야 하지만 미친 왕이야 뭐……."

"사자왕이 미쳤다는 것은 모두가 아는 사실 아니오?"

조소마저 흘러나오자 메사드 백작은 단호하게 말했다.

"아니. 사자왕은 미치지 않았소. 내가 장담하지. 이 목을 걸어도 좋소."

자기 목숨까지 걸겠다고 하자 사자왕을 경시하던 사람들은 잠시 생각을 달리해 보았다.

그러나 그의 의견에 불만을 품는 자들도 많았다.

반란에 실패하고 스톰폴트에 몸을 의탁한 패배자 주제에 분위기를 흐리는 것이 마음에 들지 않는다.

사자왕을 옹호하는 것도 우습기만 했다.

만약 사자왕이 미치지 않았다면, 옛날처럼 강력한 정복 군주라면, 스톰폴트군이 수도 앞까지 쳐들어올 동안 어째서 아무것도 하지 않고 있었겠는가?

이제 와서 무슨 일을 꾸며본다 한들 늦어도 한참 늦었다.

지루하던 회의도 끝을 향해 가고 있었다.

"큰일 났습니다!"

그때 막사의 천막 입구가 열리더니 병사가 황급히 달려와 무릎을 꿇었다.

"병… 병참기지가 사자왕에게 습격을 당했다 하옵니다."

"뭐라고?"

전혀 예상치 못했던 사태에 사람들이 놀라 되물었다.

"병참기지를 지키던 병사가 방금 소식을 알려왔습니다. 그리고 병참기지가 있던 방향에서 큰 불길이 확인됐습니다."

사람들은 사태 파악을 위해 밖으로 뛰어나갔다.

병참기지가 위치한 산자락에 붉은빛이 어른대고 있다.

불길이 계속하여 번지며 산 전체를 삼키고 있었다.

"첩자의 보고를 통해 어제까지만 해도 왕성 내에서 사자왕의 모습을 확인할 수 있었습니다. 그가 기습을 시도하다니 말도 안 됩니다."

"맞소. 기병도 최소 사흘은 달려야 도착할 거리요. 그걸 어찌 하루 만에 간단 말이오."

"혹시 마족의 힘을 빌린 건가?"

"맞습니다. 마족이 아니고서야……."

몇 번이나 마족과 직접 대면해 본 이들은 조금만 상식과 어긋난 일이 생겨도 모두 마족의 탓으로 여겼다.

사람들의 시선이 테오발트에게 모였다.

신의 사자인 그라면 마족에 관한 모든 것을 꿰뚫고 있으리라.

"마족의 흔적은 감지되지 않는다."

테오발트는 단호했다.

"그, 그래도……."

사람들은 여전히 의혹을 느끼고 있었다.

신의 사자가 하는 말이라 감히 반언을 하지 못하고 있을 뿐이다.

"사자왕과 그의 친위대가 가진 기동력이라면 불가능한 일도 아니오."

좌중의 시선이 메사드 백작에게 쏠렸다.

"그 기동력이 있었기에 대륙 중부 통일의 위업을 달성하는 것이 가능했던 것이오. 숨겨진 지름길을 이용하면 족히 하루에 돌파 가능한 거리요."

그는 설명을 하며 으득 어금니를 깨물었다.

새삼 사자왕의 능력을 보고 있자니 화가 치밀어 오른다.

사자왕이라는 위대한 정복 군주가 있었기에 중서부 구석에 박혀 있던 둠 왕국이 여기까지 성장할 수 있었다.

그런데 어째서 사자왕은 자신의 손으로 이룩한 왕국이 멸망하고 있는 것을 지켜보기만 했던 것인가.

여전히 이 정도의 저력을 갖추고 있으면서!!

"여기 본진에 있는 물자로는 열흘 정도밖에 버티질 못합니다. 우선 병참을 기다려야 합니다."

"무슨 소리요. 열흘이면 충분하오. 왕성이 코앞이오. 열흘 안에 끝내면 문제가 없소."

"맞소. 들리는 바에 의하면 성 안은 마녀를 위한 축제 준비로 한창이라 하오. 이 기회를 놓칠 수 없소."

“하지만 신중해 나쁠 건 없다고 봅니다. 마링겐 왕비가 가진 힘을 무시할 수도 없소.”

“무슨 겁쟁이 같은 소리! 우리는 마족을 섬멸하고 대륙을 구할 군대란 말이오. 그리고 우리에게는 신의 사자와 용의 가호도 있소.”

갑자기 소란스러워지며 사람들이 저마다 한마디씩 떠들어 댔다.

“조용히 하시오!”

총사령관 이글아이 백작이 근엄한 음성으로 소란을 정리했다.

“테오발트님, 마족의 소행이 아닌 것이 확실합니까?”

“확실하다.”

테오발트는 고개를 끄덕였다.

“메사드 백작, 사자왕이 어떻게 하루 만에 병참기지에 도착했는지 아시오?”

이글아이 백작은 즉각 지도 한 장을 펼쳐 메사드 백작 앞에 내밀었다.

“이 길을 이용했을 것이오. 기병이 다니기엔 용이하지 않은 길이지만, 원래 사자왕은 당연한 사실을 뒤엎고 적의 뒤통수를 치는 것을 좋아하지.”

“그럼 여기서 출발하면, 이쯤에서······.”

이글아이 백작은 지도를 한 번 더 확인하며 생각에 잠겼다.

잠시 후 그는 장내를 둘러보며 말했다.

"사자왕은 병참기지를 기습하기 위해 무리하게 친위대를 움직였소. 사람과 말, 모두가 지쳤을 것이오. 지금 출정하면 사자왕을 사로잡을 수 있을 것이오. 바로 지금이 사자왕을 사로잡을 더없이 좋은 기회요."

사자왕을 사로잡다니, 그것도 이 전쟁이 끝나기 전에!

백작은 자세한 계획을 설명한 뒤 자신의 아들을 응시했다.

"레논 이글아이, 그대가 이번 작전을 수행하라."

좌중의 시선이 레논에게 몰렸다.

그는 킨 볼프와 키메라의 폭주를 막다가 큰 상처를 입었다.

하지만 며칠 후 다행히도 건강한 모습으로 다시 나타났다.

정양을 취하는 동안 테오발트가 손을 써준 덕분이다.

레논은 허리를 꼿꼿이 세우고 당당하게 대답했다.

"네, 명에 따르겠습니다!"

장교 한 사람이 우려 섞인 음성으로 말했다.

"레논 경은 지난 전투에서 큰 부상을 입었습니다. 바로 출진을 해도 괜찮으시겠습니까."

"부상은 대부분 회복되었습니다. 걱정하지 않으셔도 됩니다."

"오오, 그러시다면……!"

레논이 나서준다면 이 작전은 이미 성공한 것이나 다름없다.

그는 다름 아닌 청룡의 화신이니까.

분위기가 완전히 들떴다.

사람들은 이미 사자왕을 생포한 것처럼 굴고 있었다.

"부상은 대부분 회복되었으나 용으로 현신하는 데는 무리가 따를 것이다. 하지만 인간을 상대로 용의 힘을 쓸 것도 아니고, 뭐 상관없겠지."

그때 테오발트의 한마디가 축제 분위기에 찬물을 확 끼얹었다.

불신에 가득한 눈빛이 테오발트에게 쏟아진다.

그는 사람들을 위해 기꺼이 확인사실을 날려주었다.

"레논 이글아이는 더 이상 청룡이 아니다. 당분간은 그렇게 생각하는 편이 좋겠지."

"요, 용으로 현신할 수가 없다고?"

"그럼 이제 어찌하면 좋단 말입니까!"

사람들이 불안에 떨기 시작했으나 테오발트는 시큰둥하기만 했다.

레논은 가볍게 웃으며 자리에서 일어났다.

그는 허리춤에 달린 검을 강하게 움켜쥐었다.

"저를 믿어주십시오. 저는 북부 최강의 소드 마스터입니다. 그것으로 부족하단 말씀이십니까?"

레논이 반문하자 술렁거림이 겨우 가라앉았다.

청룡이라는 데 너무 집착을 해서 그가 대륙 전체에서 명성을 떨치던 기사라는 사실을 잊고 말았다.

레논 이글아이라면 믿을 만하다.

사람들은 고개를 끄덕였다.

신뢰 어린 눈빛을 받으며 레논은 마음을 다잡았다.

정상적으로 각성하지 못한 그는 여전히 인간의 생에 큰 미련을 가지고 있었다.

사람이 되어 하지 못한 일이 산처럼 많았다.

그는 아직 검의 극의도 보지 못했다!

한 번 검을 뽑았다면 그 끝을 보아야 하지 않겠는가.

이글아이 백작이 출진 명령을 내렸다.

"마족의 꾐에 빠져 이성을 잃어버린 사자왕은 더 이상 경계할 만한 인물이 아니다. 지금쯤이면 사자왕도 그 친위대도 많이 지쳤을 것이다. 레논 이글아이, 반드시 사자왕을 사로잡아 와라."

명령을 받은 레논은 즉시 군사를 징비하러 물러났다.

"서둘러라! 지금 당장 출정 가능한 군사들을 소집하라!"

레논의 지시에 병사들이 신속하게 움직였다.

과연 북방의 대국 스톰폴트의 정예다운 모습이었다.

채 한 시간도 되기 전에 2천의 기병이 무장을 끝냈다.

출정 준비가 끝나갈 무렵 몇 명의 난쟁이와 요정들이 레논을 찾아왔다.

"레논 경, 우리도 비밀리에 동행하면 안 되겠소?"

"예? 무슨 말씀인지?"

레논은 눈을 동그랗게 떴다.

같이 출정하겠다면 모르겠으나 몰래 데려가라니.

무슨 뜻으로 한 말인지 한 번에 알아듣기 어려웠다.

"실은……."

"좀 비켜봐. 내가 말하지."

뒷머리를 긁적이던 요정을 밀어내고 난쟁이 하나가 불쑥 튀어 나오며 말했다.

"난쟁이와 요정이 이 전쟁에 참여한 것은 마족으로부터 이 세상을 구하기 위해섭니다."

"그것이라면 알고 있습니다."

"그래서 인간끼리의 전투에는 관심도 없고 참여할 생각도 없습니다."

"네. 그래서 저희들끼리만 출정하는 것이 아닙니까."

레논은 꼬마 난쟁이가 무슨 말을 하고 싶은지 의아했다.

"이건 종족의 생각이고, 저희들은 개인적으로 궁금합니다. 이 전쟁의 원인 중 하나인 사자왕이란 놈의 정체가 무엇인지,

어떤 머저리 같은 놈이기에 온 대륙에 평지풍파를 일으키는
건지.”

난쟁이들과 요정들은 눈을 반짝이며 웃어 보였다.

호기심 가득한 눈으로, 그리고 자신들을 데려가 달라는 무
언의 압력을 넣어서.

“하지만 들키지 않게 간다는 게…….”

레논도 데려가고 싶었지만 들키지 않고 가기가 쉬워 보이
지 않았다.

“여기에 넣어 가거라.”

갑자기 나타난 테오발트가 배낭 주머니 하나를 휙 던졌다.

“뭐?”

“난쟁이와 요정의 본모습을 잊은 게냐?”

“그래도…….”

그들은 인간형으로 둔갑하고 있을 뿐, 원래는 손가락 한 개
정도의 크기를 하고 있다.

레논도 그 사실을 모르는 바는 아니다.

하지만 눈앞의 난쟁이와 요정은 사랑스럽고 귀여운 외모
를 가지고 있으나 실제는 마족과의 전쟁에 대비해 선발된 위
풍당당한 전사들이다.

그들을 주머니에 막 담아가는 것은 좀 아니지 않은가?

“호호호.”

레논이 망설이고 있자 난쟁이와 요정들은 서로 눈길을 주고받으며 웃었다.

그들은 자그맣게 변하여 우르르 주머니 안으로 뛰어들었다.

주머니가 연신 꼬물대며 안쪽에서 낄낄대는 소리가 들린다.

레논은 피식 웃으며 주머니를 곱게 집어 들어 말 안장에 맸다.

난쟁이와 요정의 장난기를 과소평가한 것 같다.

"같이 출정하지 않겠다더니 마음이 변한 거냐?"

레논이 출정 명령을 받고 준비를 할 때도 테오발트는 느긋하게 서 있었다.

마링겐 왕비가 음모를 꾸미고, 사자왕이 베르그이젤 백작가를 멸망시켰다.

적어도 사자왕을 쓰러뜨릴 때는 테오발트가 직접 나설 줄 알았다.

"사자왕은 마족이 아니다. 내가 손을 쓰면 너무 싱거워지겠지."

"그가 천천히 궁지에 몰리는 것을 지켜보겠다는 거냐?"

"글쎄. 이야기가 그렇게 되나?"

"안타깝게도 네 바람은 이루어지지 않을 거다. 궁지에 몰것도 없이 내가 단숨에 사자왕의 목을 취해 버릴 테니까.”

레논은 호기롭게 말했다.

사자왕은 대륙에서 가장 강한 기사라고 공공연히 말해지고 있었다.

아직 겨뤄보지도 못했는데 순위가 밀리다니 정말 분통 터지는 일이었다.

그는 이번 기회에 진짜 최강이 누구인지 보여줄 생각이었다.

테오발트는 피식 웃었다.

“뿔난 망아지 같은 녀석. 그러다 큰코다칠 게다.”

순간적으로 레논은 울컥했다.

테오발트는 항상 그의 검술을 과소평가해 왔다.

“넌 대체 누구 편이냐! 그동안 잠자코 있었지만 나보다 악터스를 더 높게 치는 발언도 했었지!”

“사적인 감정으로 진실을 왜곡할 수는 없는 일 아닌가.”

“너, 두고 봐라!”

레논은 진심으로 으르렁거렸다.

글글 웃던 테오발트가 담뱃대를 내리고 갑자기 먼 곳을 응시했다.

그의 행동이 평소와 다른 것 같아서 레논은 잠시 하던 것을 멈췄다.

놀랍게도 테오발트는 조금 경직되어 있는 것 같았다.

"흐음. 내 눈이 잘못되지 않았다면 너는 뭔가에 긴장하고 있는 것 같아."

스스로 말을 하고도 레논은 말이 안 된다고 생각해 고개를 저었다.

저 여유작작한 놈이 긴장이라니?

"쓸데없는 곳에서 날카로운 녀석 같으니."

그러나 테오발트는 레논의 말을 인정했다.

그의 눈동자가 점점 붉은색으로 물들어갔다.

대지에 강림한 불사왕이 청룡의 질문에 대답했다.

"짐은 스스로 살을 떼어내어 셀 수 없이 많은 수의 마족을 만들어냈다. 그러나 이 영원처럼 긴 세월 동안 내 모든 것을 온전히 내준 것은 마링겐 왕비가 처음이었다. 그녀는 어떤 존재가 되어 있을까. 매일 그런 생각이 머리를 떠나지 않는다. 그래, 짐은 그녀를 만나기가 두렵구나."

"…마링겐 왕비가 그 정도의 존재냐?"

레논은 살짝 경직된 얼굴로 물었다.

테오발트는 말없이 고개를 끄덕였다.

"사자왕을 붙잡아도 뒷일이 순탄치 않겠군. 다들 다 이긴 것처럼 흥분해 있던데 말이야."

병사가 말을 끌고 왔다.

레논은 성큼 말 위에 올라탔다.

"지금은 사자왕을 잡는 데만 집중하겠다! 내 활약을 기대하라고."

"큰 부상을 입은 것이 바로 엊그제다. 너무 무리하지 마라."

테오발트는 다시 웃는 낯으로 돌아와 말의 엉덩이를 짝 소리 나게 쳐주었다.

* * *

커다란 나무 위.

귀여운 외모를 가진 소녀 둘이 가지 사이에 몸을 숨기고 주위를 정찰하고 있었다.

완만한 지형에 작은 언덕 정도만 있을 뿐 특별히 매복을 하기에 좋은 지형은 아니다.

하지만 지금은 어두운 밤이고 적은 지쳐 있다.

그리고 기습을 성공하고 자신들의 성으로 돌아가는 길.

적은 완전히 방심했는지 척후 하나 없이 이 길을 지나려 하고 있었다.

"좋아. 조금만 있으면 놈들이 호랑이 아가리에 머리를 들이밀겠군."

"저기 맨 앞에 오는 놈이 사자왕인가?"

"아마 그럴걸?"

"가서 알리자."

나무 위에 앉아 있던 두 소녀가 벌레만큼 작아지더니 날개를 퍼덕이며 사라졌다.

뾰족한 귀와 두 쌍의 날개.

소녀들의 정체는 바로 요정이었다.

두 요정이 날아서 도착한 곳은 길 양쪽으로 작은 언덕이 솟은 곳이다.

언덕에 2천의 완전 무장한 군사들이 조용히 숨어 있었다.

군사들 사이에서 레논을 찾던 요정 둘이 사람의 모습으로 둔갑하여 살포시 내려앉았다.

"레논 경, 놈들이 오고 있습니다. 완전히 방심했는지 척후도 보이지 않습니다."

"지친 기색이 역력했습니다. 아마 십 분 정도 있으면 도착할 것 같습니다."

"수고하셨습니다."

작은 목소리로 대화가 오고 갔다.

"저희는 참전할 수 없지만, 꼭 사자왕을 붙잡아주십시오. 레논 경."

"예. 그러하지요."

그는 자신감 넘치는 표정으로 대답을 했다.

그런데 기세 좋게 대답을 하고 준비태세를 마친 순간 불현 듯 머릿속으로 정체 모를 불안감이 스쳤다.

그는 가슴을 짚었다.

이 느낌은 무얼까.

그저 기분 탓인가, 아니면 용의 예지인가.

이내 멀리서 흐릿한 그림자가 보이기 시작했다.

더 이상 고민할 시간이 없다.

레논은 숨을 멈추고 상황을 주시했다.

어두운 밤, 등불 하나 없이 많은 수의 기병들이 다가오고 있었다.

그들은 자신들의 운명을 알지 못한 채 호랑이의 아가리에 머리를 들이밀고 있었다.

지친 기색으로 나아가던 기병들은 앞을 가로막고 있는 장 애물 때문에 멈추어 섰다.

조잡하게 만든 임시방벽이었다.

"모두 말에서 내려라!"

190이 넘는 키에 황금색 머리카락, 단단한 체구를 가진 사 내.

사자왕이 당장 말에서 내리며 지시를 내렸다.

삐이익.

그와 동시에 바람을 가르며 화살 하나가 하늘로 솟았다.

이어지는 공격 명령.

"전군, 쏴라!"

"와아!"

슝, 슈슉.

바람을 가르는 소리와 함께 보이지는 않지만 수천의 화살
이 하늘을 뒤덮었다.

그대로 멍하니 있다간 길바닥에서 꼬치가 되어 썩어가야
할 것이다.

"말 아래로!"

사자왕의 일갈에 병사들은 신속하게 말의 가랑이 사이로
숨어들었다.

푹! 푸욱!

히이힝!

화살이 박히는 소리와 말들의 비명 소리가 시끄럽게 들렸
다.

"계속 쏴라!"

누군가의 명령이 들리며 다시 화살을 쏘는 소리가 주위를
잠식했다.

몇 차례나 이어지던 화살세례가 끝났다.

“공격!”

“와아아!”

진격 명령이 떨어지고 2천의 병력이 양쪽 언덕에서 쏟아져 내려왔다.

그들은 적의 대부분이 시체로 변했을 거라 확신하고 기분 좋게 함성을 질렀다.

그러나 이내 병사들의 얼굴이 조금씩 일그러졌다.

“열 명씩 뭉쳐라! 죽은 말과 병사들의 시체를 쌓아서 방벽을 만들라!”

사자왕이 몸을 일으키며 명령을 내리고 있었다.

그 명령에 따라 움직이는 자의 수가 족히 일천은 되어 보였다.

기습에 성공한 줄 알았는데, 적의 수가 생각보다 많이 줄지 않은 것이다.

“놈들이 살아 있다!! 한 놈도 남김없이 모조리 베라!”

“와!”

순식간에 두 군대가 뒤엉켜 싸우기 시작했다.

호기 좋게 언덕을 내려오던 병사들은 적의 수가 생각보다 많자 약간 당황했다.

하지만 그것도 잠시다.

적은 지쳤고, 자신들은 충분한 준비 뒤에 기습을 시도했다.

유리한 상황이 변한 것은 아니었다.

"죽어라!"

기세가 오른 병사가 말과 시체 더미를 넘으며 창을 높이 꼬
나들었다.

바로 아래에 사자왕의 친위기사들이 있었다.

서걱.

적을 찌르려던 병사는 불현듯 등 뒤에서 불쾌한 느낌을 받
았다.

등이 쩍 갈라지며 피가 쏟아져 나왔다.

그는 비명도 못 지르고 눈을 부릅뜬 채 앞으로 꼬꾸라졌다.

이글거리는 오라의 빛이 밤을 밝히고 있었다.

오라 블레이드를 손에 움켜쥔 채 거구의 사내가 앞으로 걸
어 나왔다.

빛을 받은 황금색 머리카락이 마치 사자의 갈기처럼 보인
다.

"사자왕!"

병사가 눈을 크게 뜨고 외쳤다.

그것을 마지막으로 허리가 두 동강이 나버렸다.

순식간에 병사 둘을 베어 넘긴 사자왕은 숨을 크게 들이마
셨다.

그리고 허공을 향해 커다랗게 내질렀다.

“크어어엉!!”

맹수의 포효와 비슷한 음성이 땅을 쩌렁쩌렁 울렸다.

사자왕이 목소리에 오라를 실은 것이다.

커다란 포효에 놀란 말들이 날뛰기 시작했다.

말이 제멋대로 날뛰자 사자왕의 친위대는 그 순간을 놓치지 않고 창과 검을 찔러댔고, 다수의 스톰폴트 군사들이 쓰러졌다.

“타하!”

포효가 끝났을 때, 날렵한 체구를 가진 자가 사자왕을 덮쳤다.

카앙!

두 개의 검이 서로 맞부딪쳤다.

갑자기 공격을 당했으나 사자왕의 얼굴에서 동요는 전혀 찾아볼 수 없었다.

“레논 이글아이냐?”

레논은 인상을 찡그렸다.

흔들림없는 굳건한 표정이 마음에 들지 않았다.

그가 치기 어린 음성으로 불렀다.

“그래, 내가 바로 레논 이글아이다. 동요가 없는 것을 보니 아직 내 정체를 모르는 모양이군!”

“무엇이 두렵겠는가. 청룡이 설마 하니 인간을 상대로 용의 힘을 쓸 리는 없을 테고."

사자왕이 덤덤하게 대꾸했다.

정곡을 찔렀기에 레논은 실소를 짓고 말았다.

"용의 힘 따윈 쓰지 않아. 나는 레논 이글아이, 스톰폴트가 자랑하는 소드 마스터다!"

카강.

레논은 검의 내리누르고 튕겨 오르는 탄력을 이용해 대치 상태에서 벗어났다.

그는 검을 바로 세우고 손으로 천천히 날을 훑었다.

차가운 쇠붙이의 기운이 손끝으로 전해진다.

"흡!"

낮은 기합성!

그와 동시에 검신이 찬연히 빛나며 백색 오라가 어렸다.

"상대해 주지. 스톰폴트의 소드 마스터."

사자왕이 검을 들어 올렸다.

동시에 레논이 반걸음 내딛으며 검을 크게 아래로 그었다.

그 일격에 평생 갈고닦은 기교가 모두 담겨 있었다.

테오발트는 사자왕을 이기는 것이 쉽지 않을 거라고 했다.

그 말이 아직 응어리로 남아 있었다.

승리를 얻고 녀석의 코를 납작하게 해주리라!

키이잉.

땅으로 떨어지던 검이 울음소리를 내며 현란하게 잔상을 만들어냈다.

보통 사람의 눈에는 검이 세 개로 늘어 동시에 공격하는 것처럼 보였다.

카앙!

하지만 세 개의 검이 다시 한 개로 되돌아왔다.

사자왕의 오라 블레이드가 그 일 검을 가로막고 있었다.

"짐을 이기고 싶다면 십 년은 더 수련하고 오는 것이 좋을 것이다."

키가 큰 사자왕이 위쪽에서 레논을 내려다보며 말했다.

그 오만한 말에 지기 싫어하는 레논이 울컥한 것은 말할 것도 없다.

"뭐라고……!"

항의하기도 전에 사자왕의 공격이 시작되었다.

슈슈슉.

찌르기가 소나기처럼 쏟아졌다.

공세가 생각보다 훨씬 빠르다.

레논은 정신없이 물러서며 공세를 차단했다.

일순 자세가 무너지는 순간 사자왕의 검이 팔을 얕게 베며 지나갔다.

“큭!”

옷이 붉게 물들어간다.

레논은 서둘러 검을 거두며 뒤로 다섯 보 이상 뛰듯이 물러났다.

사자왕은 그를 뒤쫓지 않았다.

불현듯 레논은 한 가지 사실을 깨달았다.

사자왕은 제자리에서 한 발자국도 움직이지 않고 있었다.

“아직, 승부는 결정되지 않았다!”

레논은 기세를 올리며 외쳤다.

“와아아아아!”

그때 말발굽 소리와 함성이 레논의 귓전을 때렸다.

황급히 고개를 돌리자 둠 왕국을 상징하는 사자 깃발이 보였다.

복병이었다.

“병참기지를 기습하기 위해 행군 시간을 줄이자면 이 길을 이용하는 수밖에 없다. 메사드 백작은 유능한 자이니 그 사실을 쉽게 추측할 수 있을 것이다. 스톰폴트는 메사드 백작이 제공한 정보를 토대로 내 목을 취하기 위해 달려들겠지.”

사자왕이 전장을 굽어보며 말했다.

그와 행동을 같이하던 친위대의 반은 왕성 수비군에서 급히 차출한 초짜들이다.

첫 기습에서 사망한 기사들은 대부분 이들이었다.

따로 분리된 진짜 친위대 반수는 은밀히 기척을 감추고 있다가 때를 맞추어 적의 뒤를 공격했다.

사자왕은 스스로 미끼가 되어 적을 잡아먹을 계략을 짠 것이다.

적군이 해일처럼 몰려들었다.

"크악!"

"사… 살려줘!"

곳곳에서 비명이 터져 나왔다.

순식간에 전세가 스톰폴트에 불리하게 변했다.

크게 낭패를 본 레논의 얼굴색이 거무죽죽해졌다.

"사자왕을 너무 얕보았군!"

메사드 백작이 정색을 하고 사자왕의 건재를 주장한 적이 있다.

사자왕은 레논을 함정에 빠뜨림으로써 그것이 사실임을 증명했다.

"레논 경! 퇴각해야 합니다!!"

작은 요정이 하늘을 배회하면서 소리쳤다.

하지만 레논은 검을 거두지 않았다.

"제가 사자왕을 막고 있겠습니다. 퇴각해 주십시오."

사자왕은 뛰어난 기사로 이름이 높지만 귀신처럼 적을 읽아매는 전술가로도 유명하다.

만약 그가 과거 정복왕의 모습을 그대로 지니고 있다면, 그렇다면 그가 버티고 있는 한 퇴각조차 어려울 것이다.

누군가가 사자왕의 발을 묶어둘 필요가 있었다.

"…그럼 맡기겠습니다!"

요정은 서둘러 방향을 선회했다.

상황이 얼마나 급박한지 알고 있었기에 레논을 믿을 수밖에 없었다.

지금 그들이 할 수 있는 최선은 군사들의 퇴각을 돕는 것이었다.

"으랴앗!!"

꼬마 난쟁이가 말의 시체를 들어 마구잡이로 집어 던졌다.

커다란 말의 몸뚱이가 요란한 소리를 내며 바닥에 떨어지자 친위대 기병이 말을 멈추고 주춤했다.

요정들도 허공에서 낙하하여 적군을 공격했다.

갑자기 하늘에서 뚝 떨어지는 적을 상대하는 것은 굉장히 까다로운 일이다.

요정과 난쟁이들의 활약에 친위대의 진군이 약간 지체되었고, 덕분에 전멸할 수도 있었던 스톰폴트군은 간신히 퇴로를 확보할 수 있었다.

그러나 엄청난 피해를 입는 것을 피할 수는 없을 듯하다.

사자왕의 친위대에 양방향으로 기습을 당한 꼴이 된 스톰 폴트군은 벌써 절반이나 목숨을 잃었다.

"……."

레논은 자신의 실패를 통감했다.

하지만 감정에 계속 휘둘리고 있기엔 사자왕의 검은 지나치게 무겁고 날카로웠다.

사자왕이 휘두른 검이 엄청난 압력으로 팔을 짓눌렀다.

쾅!

검과 검이 부딪치는 소리라기보다는 커다란 바위와 바위끼리 부딪치는 소리였다.

'이런 검에 맞았다간 살이 베이는 것이 아니라 오라의 여파로 짜부라지겠군!'

레논은 인상을 찌푸렸다.

공방이 계속될수록 그는 점점 초조해졌다.

사자왕의 공격은 강력하지만 레논도 단단하게 방어를 유지하고 있었다.

하지만 방어만 해서는 이길 수가 없다.

이대로 시간이 지나면 레논의 패배가 명백해질 것이다.

다행인지 불행인지 지루한 공방 상태는 금방 무너졌다.

사자왕의 눈빛이 날카롭게 번뜩였다.

아주 짧은 순간, 레논은 본능적으로 어떠한 위협을 느꼈다.

그건 아마도 용의 예지, 강력한 공격이 오리라는 경고.

레논은 서둘러 옆으로 몸을 날렸다.

콰과광!!

휘황한 오라가 땅을 휩쓸고 지나갔다.

간발의 차이로 몸을 피한 레논은 검의 흔적을 보고 크게 놀랐다.

마법도 아니고 검의 힘으로 수백 미터에 이르는 땅을 초토화시켰다.

쿠웅! 쿠구궁!

박살이 난 나무들이 천천히 쓰러지며 소음을 일으켰다.

레논은 사자왕의 저력에 놀라면서, 그리고 또 다른 이유로 이를 악물었다.

검과 검으로만 승부를 보기로 했으면서 용의 힘을 사용한 것이다.

그는 얼굴을 붉히면서 말했다.

"수치스러운 짓을 저질렀다."

사자왕은 미소를 지었다.

"죽을 위기에 처했는데 하는 수 없는 일이지. 그대는 짐보다 한 수 아래이니까."

그는 레논을 조롱하고 있지 않았다.

그저 여유가 넘칠 뿐이다.

레논은 얼굴을 더욱 붉혔다.

자신이 한 수 아래임을 쉽게 인정할 수 없었기 때문이다.

"슬슬 정리를 해야겠군."

사자왕이 빈틈을 비집고 들어와 검을 내리쳤다.

공격이 올 줄 알고 대비하고 있었으나 막아내는 것이 녹록하지 않았다.

핏!

레논의 얼굴에서 피가 튀었다.

쇄액!

개의치 않고 레논은 검을 질렀다.

사자왕은 종이 한 장 차로 검을 피해냈다.

동시에 몸을 비틀며 레논의 배에 발길질을 먹였다.

쿵!

"윽!"

레논은 뒤로 멀리 밀려나 근처에 쓰러져 있는 말의 시체에 등을 부딪쳤다.

잠깐 헛숨을 늘이켜던 찰나의 순간이었다.

사자왕의 검이 벼락처럼 들이닥쳤다.

휘황한 오라에 휩싸인 검은 정확히 그의 심장을 노리고 있었다.

레논은 다급히 검을 들고 자세를 잡았다.

그러나 말의 시체가 거치적거렸다.

"이익!"

그는 혼신의 힘을 쏟아 오라를 강화시켰다.

기름을 부은 불꽃처럼 오라가 타오르며 그의 앞을 가렸다.

기교는 접어두고 오라를 방패로 삼을 생각이었다.

이윽고 사자왕의 오라 블레이드와 레논이 만든 오라의 벽이 부딪쳤다.

서걱!

"크읏!"

레논은 비명을 질렀다.

사자왕은 오라의 벽을 가볍게 찢고 그대로 레논의 허리를 베어버렸다.

똑같은 오라임에도 불구하고.

아니, 오히려 레논이 오라의 강도에 더욱 신경을 쓴 상태였음에도 결과는 사자왕의 압승이었다.

"그대는 아직 오라에 대한 이해도가 많이 떨어진다. 방금 전에도 말했듯 몇 년은 더 수행하고 오는 것이 좋을 것이다."

사자왕은 검을 갈무리하면서 말했다.

레논은 중상을 입어 더 이상 검을 들 수가 없는 상황이었다.

게다가 청룡으로 현신할 수도 없는 상태.

그런데 사자왕은 마지막 일격을 가하지 않고 돌아섰다.

"대체 왜……!!"

레논이 허리를 감싸 쥐고 물었다.

그가 죽으면 스톰폴트의 마스터가 한 명 사라지므로 적의 전력을 크게 줄일 수 있다.

그뿐 아니라 적군의 수호룡을 살해하였다고 홍보하여 사기를 크게 떨어뜨릴 수도 있을 것이다.

여러 면에서 사자왕과 둠 왕국은 많은 것을 얻는다.

그런데 어째서 자신을 살려두려고 하는가.

"세상에 얼마 남지 않은 용을 죽여 버리는 건 훌륭한 선택이 아니겠지. 용은 존재하는 것만으로도 자연계의 수풍지화를 안정시킨다는 말도 있지 않던가."

왕비의 미색에 미쳐 폭정을 일삼는 왕답지 않은 말이다.

마족과 손잡고 무고한 이를 다수 학살하더니 이제 와서 무슨 심산으로 갑자기 세상의 질서를 걱정하고 나선단 말인가.

레논은 도무지 이해할 수가 없었다.

사자왕은 무엇을 생각하고 있는가!

"복잡할 것도 없는 일인데, 많은 사람들이 내 속내를 궁금해하는군.”

레논의 속을 읽은 것처럼 사자왕이 웃었다.

둥글게 휜 눈가의 주름이 상당히 매력적이다.

“짐은 너를 죽이고 싶지 않지만, 나의 왕비가 원한다면 다시 검을 들고 돌아와 네 목을 벨 것이다. 짐은 사랑하는 그녀가 원하는 것이라면 무엇이든 들어주고 싶다. 남자라면 한 번쯤 사랑하는 여인을 위해 모든 것을 걸어보는 것도 좋지 아니한가.”

“뭐?”

그의 대답을 듣고 레논은 잠시 얼이 빠졌다.

그동안 사자왕이 실성을 했니 실은 정상이라느니 의견이 매우 분분했다.

바로 이 순간 레논은 결론을 내렸다.

저놈은 미쳤다. 미쳐도 아주 제대로 미쳤다.

그는 자신이 행하는 일의 옳고 그름을 분명히 알고 있다.

오성도 또렷하게 살아 있다.

그럼에도 마링겐 왕비의 악행에 동참했다.

그녀를 사랑하므로. 그녀가 원하는 것은 뭐든지 들어주고 싶으니까.

“미친 녀석! 그런 건 남자다운 게 아냐! 단지 얼간이일 뿐이지!”

레논이 이를 갈았다.

저런 놈에게 패했다는 것이 화가 날 정도다.

사자왕은 왕성이 위치한 방향을 보며 중얼거렸다.

"돌아가야겠군. 나의 왕비가 기다리고 있을 것이다."

매일 악단과 무희를 불러놓고 흥청망청 유희를 즐기던 마
링겐 왕비가 돌연 연회를 취소시켰다.

'드디어 그분이 오셨어요. 서둘러 새 옷도 맞추고 몸단장
을 해야겠어요.'

그녀는 알 수 없는 이야기를 하며 시녀들을 불러 모았다.

몸단장을 하는 동안에는 사자왕의 방문도 거절했다.

마링겐 왕비가 요구하지 않았기에 이 비상시국에 국고를
낭비하며 연회를 열 필요가 없어졌다.

흥청망청 술을 마시는 대신 적군의 침입에 대비하며 대책
을 생각할 수도 있었고, 몸소 친정을 나설 시간도 생겼다.

사자왕은 그 길로 즉시 군대를 이끌고 나와 스톰폴트의 병
량창고를 습격했다.

하지만 유예시간도 곧 끝난다.

왕비가 그사이 몸단장을 끝내고 자신을 찾고 있을지도 몰
랐다.

사랑하는 그녀가 기다리고 있는 성으로 돌아갈 때가 되었
다.

＊　　　＊　　　＊

마링겐 왕비의 사치와 사자왕의 실정, 그리고 스톰폴트와의 전쟁, 마물의 습격까지.

수도에 사는 사람들은 배고픔과 공포에 시달리며 하루하루를 간신히 지내고 있었다.

그들의 고통을 반영이라도 하듯 수도의 성벽은 칙칙한 회색빛을 띠었다.

악터스는 본대와 따로 떨어져 성벽 근방을 탐색하고 있었다.

마족의 기척이 느껴지면 그 즉시 불사왕에게 알리기 위해서이다.

드디어 집시왕비를 축출할 때가 왔다.

그녀는 많은 수의 마족을 거느리고 있다.

왕은 그들을 한자리에서 일망타진할 생각을 가지고 있었다.

위기를 느낀 놈들 중 몇몇이 성을 벗어나 멀리 달아나 버리면 일이 귀찮아진다.

"끄응, 날도 다 밝아가는데 대충 하고 그만 돌아가자."

함께 탐색 임무를 맡은 빌로가 크게 기지개를 켜며 악터스를 꼬드겼다.

그러나 그딴 칭얼거림이 악터스에게 통할 리 없다.

"이잉, 바늘로 찔러도 피 한 방울 안 나올 위인 같으니라고. 왜 저렇게 인생 피곤하게 사는지 몰라. 얼른 가서 우리 주인님이랑 빈둥대고 싶구나."

뷜로는 눈을 감고 마도서왕 트리오네를 떠올렸다.

뽀얀 살결이 떠오르자 저절로 웃음이 난다.

망상에 빠진 뷜로가 얼굴을 발그레 붉히고 온몸을 배배 꼬았다.

"……!!"

악터스가 하던 일을 내팽개치고 짜증이 서린 얼굴로 뷜로의 멱살을 움켜쥐었다.

도저히 저 꼬락서니를 봐줄 수가 없었다.

다그닥다그닥.

악터스와 뷜로 사이에 제대로 사단이 나려는 찰나, 요란한 말발굽 소리가 들려왔다.

기병이 전속력으로 말을 몰고 달려오고 있었다.

기사의 갑옷 형태와 가슴팍에 새겨져 있는 문장을 보고 뷜로는 쉽게 상대의 정체를 간파했다.

"사자왕의 친위대?"

이런 곳에서 마주치게 되다니?

뷜로는 잠시 망설였다.

그들의 임무는 마족을 수색하는 것이지 사자왕의 군대와 싸우는 것이 아니다.

고민할 시간은 길게 주어지지 않았다.

뷜로와 악터스를 발견한 기사가 그들을 짓밟아 버릴 기세로 더욱 박차를 가했다.

"아, 악터스……."

당황해서 악터스를 찾던 뷜로는 그가 벌써 저만치 물러서 있는 것을 발견하고 입을 떡 벌렸다.

그사이 말발굽이 그의 바로 머리 위로 닥쳤다.

이런 데서 밟혀 죽었다간 너무 억울해서 눈도 못 감을 것이다!

땅을 드리우고 있던 그림자가 위로 솟아올라서 말을 휘감았다.

늪에 빠진 것처럼 군마는 그림자 속으로 빨려 들어가 버렸다.

말을 잃고 홀로 남겨진 기병은 이 괴사에 눈을 휘둥그레 떴다.

"네놈들은 누구냐! 마, 마족?!"

"그냥 마법사다."

뷜로가 혀를 차며 대답했다.

기사가 더 소란을 피우기 전에 일단 마법으로 제압한 후 재갈을 물리고 팔다리를 밧줄로 묶었다.

손에 익지 않은 일이라 진행이 조금 더뎠다.

낑낑대며 일을 다 끝내고 뷜로는 이마에 땀을 훔치며 상반신을 일으켰다.

그때 기사의 몸이 하늘로 둥실 떠올랐다.

악터스가 공간 마법으로 포박된 기사를 데리고 앞장서 나갔다.

뷜로가 펄쩍 뛰었다.

"일 다 끝내놓으니까 이제 와서 가로채려 드는 거냐? 그놈은 내가 생포한 놈이야!"

악터스는 고개 한 번 돌리지 않고 가버렸다.

앞서 가는 악터스의 뒤통수에 대고 쉬지 않고 항의해 보았지만 어떠한 대답도 들을 수 없었다.

"차라리 내가 저 나무에다 말하고 말지."

뷜로가 옆에 서 있는 나무를 쳐다보며 투덜거렸다.

그때 갑자기 악터스가 멈추어 섰다.

뷜로도 언덕 아래에 서 있는 한 무리의 군대를 발견했나.

"저놈 사자왕 아냐?"

불과 일 년 전만 하더라도 스톰폴트의 대공으로 활동하던 뷜로는 사자왕과 몇 번 대면할 기회가 있었다.

그는 대번에 사자왕을 알아보고 손가락질을 했다.

사자왕은 아래쪽에서 조용히 있다가 악터스가 공중에 띄워서 옮기고 있던 기사를 가리켰다.

"돌려주겠느냐?"

악터스는 힐끗 기사에게 눈길을 주었다.

그리고 다시 사자왕을 응시했다.

그의 입가에 뒤틀린 미소가 떠올랐다.

"네놈이 목을 내놓는다면 그리하마!"

그는 몸을 띄워 사자왕과 친위대가 서 있는 아래로 내려왔다.

챙!

기사들이 일제히 검을 뽑았다.

물론 그깟 병장기 따윈 악터스에게 조금도 위협적이지 않았다.

뷜로가 멀뚱히 상황을 쳐다보다가 그를 뒤쫓아서 아래로 내려왔다.

"사자왕을 사로잡을 생각이냐?"

"일부러 찾아 나설 생각은 없으나 이렇게 정면으로 마주쳤는데 그냥 놓아줄 수는 없지."

허공에 10센티쯤 떠 있던 악터스의 몸이 천천히 아래로 내려왔다.

땅에 발을 딛자마자 악터스는 무한의 반지 람페티를 검의 형태로 변형시켰다.

하잘것없는 인간을 상대로 마법을 사용할 가치도 느끼지 못했다.

그는 사자왕의 다리를 베어 움직이지 못하게 할 심산으로 몸을 날렸다.

콰앙!

땅을 박차자 그의 몸이 화살처럼 쏘아져 나갔다.

그는 단 걸음에 호위 기사들을 제치고 사자왕의 코앞까지 들이닥쳤다.

묵색 검이 낮게 땅을 치며 올라왔다.

채앵!

그러나 회심의 일격은 간단하게 가로막혔다.

사자왕이 휘두른 검에 묵검이 위로 크게 튕겨져 올라왔다.

그 김에 악터스는 그만 뒷걸음질까지 쳤다.

악터스의 얼굴이 형편없이 일그러졌다.

"푸하하! 괜히 갈실을 하고 나섰다가 세대로 칭피를 당하는구나!"

빌로가 크게 웃으며 끼어들었다.

악터스가 망신을 당하는 장면을 포착하기란 정말 쉽지

않다.

그는 죽을 때까지 이번 일을 물고 늘어질 작정이었다.

"그러게 잘난 척하지 말고 처음부터 마법을 썼으면 되었을 거 아니냐. 너무 쪽 팔려서 이제 와서 차마 마법을 쓸 엄두가 나지 않느냐? 그럼 내가 나서줄까?"

뷜로가 팔을 걷어붙였다.

악터스는 평소처럼 되지도 않는 뷜로의 헛소리 따윈 철저히 무시했다.

물론 뷜로도 만만치 않다.

그는 악터스의 등에다 대고 일부러 뒷걸음질 치는 모습까지 흉내 냈다.

보지 않아도 충분히 알 수 있으리란 확신하에 하는 짓이다.

마음껏 악터스를 놀려대던 뷜로는 반응이 너무 없자 조금 지루해했다.

"뭐하냐? 빨리 사자왕을 사로잡아서 돌아가자. 칼은 집어 치우고 네놈이 자랑하는 그 공간 마법을 쓰라고."

"……."

묵묵히 서 있던 악터스가 묵검을 들어 올렸다.

원래 악터스는 검을 좋아하지 않았다.

가만히 뒀으면 시시한 검 따윈 벌써 던져 버리고 마법으로 사자왕을 제압했을 것이다.

그런데 지금 악터스는 마법을 사용할 기색이 전혀 보이지 않는다.

뷜로가 멋쩍은 얼굴로 머리를 긁었다.

"약이 많이 올랐나 보네."

사자왕이 악터스를 마주하며 검을 들었다.

"네가 들고 있는 검은 상당히 강력한 마력을 품고 있는 것 같군. 그럼에도 마법을 쓰지 않고 검으로만 이용할 생각인가. 그리해 준다면 짐으로서는 아주 고마운 일이지."

악터스는 사자왕의 말에 대꾸하지 않았다.

그는 손아귀에 힘을 집중했다.

콰르륵!

오라가 폭발적으로 뿜어져 나와 검신 위에서 소용돌이쳤다.

그는 크게 검을 휘둘렀다.

막대한 양의 백색 오라가 반원 형태를 그리며 쏘아져 나갔다.

오라 폭풍이 닿는 것은 무엇이든 반으로 잘라 버렸다.

"으익!"

"크으윽!"

사자왕의 친위기사들이 피를 뿜으며 쓰러졌다.

그들 모두가 오라를 이용할 줄 아는 상급기사였으나 악터스의 압도적인 무위에는 저항할 방도가 없었다.

300년 전 과거엔 그의 검을 삼 합 이상 받아낼 수 있는 인간이 존재하지 않을 정도였다.

그것은 현재에 와서도 크게 달라지지 않은 듯하다.

하지만 먼지구름이 걷히자 사자왕이 멀쩡한 모습으로 나타났다.

사자왕의 손안에서 오라 블레이드가 거세게 타오르며 오라 폭풍을 베어냈다.

"마법사라고 생각했는데 내 착각이었나? 실력이 제법이로군."

"……."

사자왕이 칭찬했으나 악터스는 제대로 듣지 못했다.

본래 그는 인간 따위가 하는 말엔 귀 기울이지 않는다.

하지만 다름 아닌 하찮은 인간이 그의 검을 막았다.

실수도 뭣도 아니다.

잔심으로 휘두른 검이, 파훼되어 버린 것이다!

"죽여주마……!!"

악터스가 하얗게 이를 드러냈다.

묵검을 휘감고 있는 오라가 그의 분노를 드러내듯 이글거렸다.

"기꺼이 상대해 주겠다."

사자왕도 호기롭게 대답하며 검을 들었다.

"폐하!"

이 자리에는 사자왕과 악터스만 있는 것이 아니다.

친위대 천여 명이 창을 들고 합세하려고 했다.

그때 뷔로가 그들을 저지했다.

"움직이지 마라! 지금 당장 네놈들 전부를 땅 아래 묻어줄 수도 있다. 시험해 봐도 좋아."

뷔로의 권속이 된 그림자가 벌레처럼 꿈틀거렸다.

몇몇 이들이 뷔로가 스톰폴트의 대공, 사해의 마법사임을 알아보았다.

둠 왕국에도 킨 볼프라는 사해의 마법사가 있었다.

사해의 마법사가 가진 힘이 얼마나 강대한지 그들도 충분히 알고 있다.

"중간에 끼어들어서 방해하지 말고 조용히 뒤에서 기다려라. 내가 요구하는 것은 그뿐이다. 네놈들을 스톰폴트군에 넘길 생각은 없다. 거기까지 할 의리도 없고 의욕도 없어. 저놈이 흥분을 가라앉히면 그때 돌아가겠다."

뷔로가 악터스를 가리키며 성고했다.

오만불손한 사해의 마법사는 인간을 경멸하기에 국가에 소속되어 있어도 충성심이 깊은 법이 없었다.

아마 뷔로가 하는 말은 진실일 것이다.

상황을 파악하던 친위대들은 결국 대기하기로 결정했다.

바로 코앞에 적의 본대를 두고 사해의 마법사와 일전을 치르는 것은 훌륭한 선택이 아니다.

다른 것보다도 그들은 사자왕의 무위를 믿었다.

그들의 왕은 지상에 강림한 무신 그 자체였다.

쾅! 짜앙!

굉음이 들리면 어김없이 광풍이 몰아닥쳤다.

악터스와 사자왕이 검을 섞을 때마다 일어나는 현상이다.

그들은 벌써 삼십여 합을 겨루고 있었다.

살짝 흥분했던 악터스는 검을 나누는 동안 천천히 평정을 되찾고 있었다.

삼백 년 이상을 살았으나 이 정도로 자신과 대등하게 검을 나누는 놈은 한 번도 본 적이 없다.

그는 결국 사자왕을 인정했다.

"크크, 멋지구나. 네놈은 강하다. 사상 최강의 버러지다!"

그는 크게 조소를 터뜨렸다.

사자왕을 통해 과거의 자신을 발견했다.

과거 에드하르트라 불렸던 시절처럼 사자왕도 대단히 강했다.

그래 봤자 마족의 권능에는 손끝 하나 닿지 못할 하찮은 존재였다.

사자왕은 악터스의 조롱에도 전혀 개의치 않았다.

그는 망설임 따위는 없는 눈으로 똑바로 검의 길을 직시했다.

"나의 검은 최강이다!"

오라 블레이드가 반원을 그린다.

불꽃같은 오라가 어둠을 사르고 위용을 드러내었다.

사자왕이 검을 바로 쥐고 번개처럼 내질렀다.

간단하지만 강력한 일격이다.

카앙!

악터스는 검을 휘둘러 찌르기를 걷어냈다.

그러나 강력한 오라가 그가 지닌 무구에 치명적인 피해를 주었다.

쩌억!

악터스는 눈을 크게 떴다.

사자왕의 오라 블레이드와 부딪치는 순간 묵검의 표면에 금이 갔다.

그의 검은 단순한 무기가 아니다.

불사왕이 만든 마신기(魔神器), 신의 힘이 깃는 사악한 도구, 무한의 반지 람페티였다.

그것을 지금 사자왕이 부숴 버린 것이다.

마족도 하지 못할 일을 지금 일개 인간이 해냈다.

인간이 부릴 수 있는 최고의 힘을 사용해서, 오라 블레이드
의 예기(銳氣)를 한계까지 발휘하여 신의 권능에 상처를 내었
다.

신조차 베어 넘기는 오라 블레이드!

그는 이미 그 힘을 맛본 적이 있다.

고위 마족 제노벨라스의 손톱을 부수며 오라 블레이드의
진정한 힘을 보았다.

순간 악터스는 눈앞에 불똥이 튀는 듯한 환상을 봤다.

감정을 조절하지 못해 입꼬리가 괴상한 모양으로 비틀려
간다.

"크흐흐."

궁극의 절기를 목격한 순간 묵검의 형태가 바뀌었다.

오라 블레이드가 화려한 빛을 뿜으며 표면에 닿는 공기까
지 모든 것을 소멸시키기 시작했다.

사자왕이 눈살을 찌푸렸다.

"대단하군. 한 번 본 것만으로 짐의 절기를 흉내 내다니."

"오라 블레이드 특유의 예기가 너의 기술이라고?"

"흠……, 그리 말하니 할 말은 없군."

"뭐, 아무래도 좋아. 흉내인지 아닌지는 보면 알 것이
다……."

악터스가 적잖이 흥분하여 숨을 조금씩 몰아쉬고 있었다.

그러나 자세와 마음가짐은 조금도 흐트러지지 않았다.

오히려 그 어느 때보다도 머릿속이 환했다.

악터스와 사자왕이 거의 동시에 검을 휘둘렀다.

두 개의 오라가 맞부딪치는 순간, 눈을 멀게 할 수도 있을 만큼 강렬한 빛이 터져 나왔다.

사람들은 신음을 흘리며 손으로 얼굴을 가렸다.

숲 바깥쪽에서도 빛을 감지할 수 있을 정도였다.

"대, 대체 뭐가 벌어지고 있는 거냐?"

오라끼리 충돌하며 터져 나온 빛 때문에 한참 후에야 간신히 눈을 뜬 뷜로가 당혹스러운 음성으로 말했다.

악터스의 모습이 어딘가 평소와 다르다.

검에 대해서 잘 모름에도 그는 뭔가 일이 벌어지고 있음을 직감했다.

뒤에서 대기 중인 사자왕의 친위대도 불안을 감추지 못했다.

그들은 왕을 믿었다.

사자왕이 실성을 했을지언정 적어도 그가 가진 강력한 무력만은 믿고 있다.

하지만 상대의 기세가 어쩐지 심상치 않았다.

부스럭!

그때 수풀 사이로 인기척이 느껴졌다.

추격대라고 생각한 친위대가 사색이 되어 창을 움켜쥐었다.

하지만 수풀 사이로 나타난 것은 다행히 스톰폴트의 대군이 아니었다.

레논이 부상을 입은 어깨를 움켜쥔 채 걸어왔다.

"여긴 어떻게 알고 온 것이냐?"

빌로가 눈은 악터스에게 고정한 채 건성으로 질문을 했다.

"그렇게 빛이 번쩍거리는데 모를 수가 없지."

레논도 대충 대꾸했다.

그 역시 이 장소에 도착한 순간부터 사자왕과 악터스의 검에 모든 신경을 빼앗긴 상태였다.

그는 자신의 실력을 믿고 있었다.

다소 부족한 부분은 있지만 자신이 충분히 검으로 일가를 이룰 수 있는 존재라고 여겼다.

하지만 지나친 과신이었다.

두 사람을 보고 그것을 뼈저리게 깨달았다.

뿌득.

그는 주먹을 움켜쥐고 인간으로서 정점을 찍은 존재들의 일전을 지켜보았다.

사자왕과 악터스는 서로 검을 맞대고 대치상태에 들어가

있었다.

검이 조금씩 움직일 때마다 가볍게 스파크가 튄다.

"훌륭해!"

불현듯 사자왕은 깊이 탄성을 내질렀다.

악터스가 말한 대로였다.

단순한 흉내라고 치부하기엔 그의 힘은 너무도 고강했다.

상대는 이미 오래전에 검의 극의에 도달해 있었다.

다만 진흙탕에 빠져 여태껏 헤매고 있었을 뿐.

지금 사자왕은 시간을 오래 끌 수 없는 상황이었다.

서둘러 왕궁 안으로 복귀하지 못하면 스톰폴트의 추격대를 만나게 될 것이다.

"이런 곳에서 그대와 같은 자를 만나다니 짐도 참으로 운이 없다. 하지만 어차피 일이 이렇게 되었으니 마음 편히 즐기는 수밖에 도리가 없구나. 오너라. 너와의 일전은 짐의 마지막 여정에 크나큰 유흥이 되리라."

무신이라 추앙받는 강대한 기사가 검을 들었다.

그 기세가 태산이 움직이듯 웅혼하다.

"누가 네깟 놈의 유흥이 되어준다더냐!!"

한편 악터스는 사자왕과는 전혀 다른 기질을 가지고 있었다.

다분히 악마적이며 포악한 기세!

기회만 온다면 한 자루의 칼로 대륙 전체를 멸망시켜 버릴 듯하다.

그는 사람들을 모두 짓밟고 지상의 가장 높은 곳에 서지 않고는 참을 수가 없는 것이다.

그리고 지금 그것이 현실로 이루어지기 직전이다.

묵검을 쥐고 땅을 박차는 순간, 악터스는 시야가 어두워지며 암흑 속에 빠진 듯한 착각을 느꼈다.

암흑 속의 시간은 평소보다 훨씬 느리게 흘렀다.

길게 늘어진 시간 속에서 그는 땅을 지탱하는 발, 힘을 가하는 다리와 허리, 팔뚝의 근육, 세포까지 모든 것을 생생하게 느낄 수 있었다.

신을 베기 위해 무엇을 어떻게 해야 하는지, 악터스는 짧은 순간에 모든 것을 정확하게 파악해 냈다.

깨달음을 통한 희열과 전율!!

정말 오랜 시간 동안 힘을 갈구했다.

힘을 얻기 위해 그는 기꺼이 더러운 발바닥을 핥을 준비가 되어 있었다.

아니다! 그건 전부 거짓이다.

마족의 발아래 엎드려 힘을 구걸할 때마다 속이 뒤집어지는 것 같았다.

킨 볼프가 시체를 헤집어가며 만들어낸 다 썩어빠진 키메라 따위, 사실 전혀 눈에 차지 않았다.

아! 무엇을 어떻게 해야 하는지, 이제는 확실히 알 것 같다!

그는 여전히 하잘것없고 나약한 존재일지 모른다.

그러나 찰나와 같은 짧은 순간 이 검의 끝에 마족조차 절멸
시킬 절대적인 힘이 깃든다.

성검이 신성한 힘으로 마를 소멸시킨다면 그는 신성조차
베는 검으로 하늘에 올라앉은 마족들을 참살할 수 있을 터.

다음 순간 악터스는 암흑에서 빠져나왔다.

느리게 흐르던 세상이 갑자기 배 이상 빠르게 흘렀다.

번개가 작렬하듯 사자왕의 오라 블레이드가 저 하늘 위에
서 내리꽂히고 있었다.

이윽고 둘이 지상에서 격돌했다.

검붉은 핏방울이 바닥에 쏟아졌다.

그 위로 한 자루의 검이 힘없이 떨어졌다.

사자왕은 검을 쥐던 손으로 자신의 가슴을 움켜쥐었다.

어깨부터 가슴, 배에 이르기까지 커다란 검상이 새겨졌고
피가 뭉클대며 쏟아지고 있었다.

그에 반해 악터스는 티끌 하나 묻지 않은 모습이다.

"마법사에게… 검으로 질 거라곤 생각지 못했군……."

"……"

무한의 반지 람페티가 검의 형태를 취한 채 불길한 빛을 흘렸다.

아마도 람페티가 두 번 다시 반지의 형태로 돌아갈 일은 없을 것이다.

악터스는 깊이 숨을 토하며 고개를 들었다.

하늘의 끄트머리가 하얗게 물들어간다.

밤이 끝나고 새벽이 시작되고 있었다.

"폐하!!"

기사들이 사자왕을 부축했다.

사자왕이 패배했다!

있어서는 안 될 일이 벌어지고 말았다.

친위대 기사들은 악터스를 경계하며 전투태세를 갖췄다.

사자왕을 무릎 꿇린 자에게 그들의 힘이 통할지 모르겠으나 이대로 주군을 내팽개치고 도망칠 수도 없는 일이다.

악터스는 오만한 태도로 천여 명의 상급 기사들을 굽어보았다.

"가라."

그는 사자왕의 숨통을 끊지 않고 놓아주겠다고 대답했다.

이제 와서 그의 성품이 온화해진 것은 아니다.

그는 지극히 독선적이며 이기적인 자.

다만 사자왕이 그에게 길을 보여준 것은 사실이다.

사실을 부정할 생각은 없기에 처음이자 마지막으로 자비를 베푼 것이다.

"마음 바뀌기 전에 재빨리 돌아가!"

뷜로까지 나서서 한마디 하자 그제야 친위대가 움직였다.

그들이 모두 떠난 뒤, 뷜로는 굳은 얼굴로 악터스를 바라보았다.

지고의 검을 얻었으므로 악터스는 더 이상 마족의 힘에 집착할 필요가 없어졌다.

"이대로 사해를 떠날 셈이냐?"

"…그래."

악터스는 검을 응시하며 말했다.

마지막 순간까지 자신의 삶을 고찰한 뒤에도 결심이 서면 그때 마족이 되겠다고 불사왕과 약속한 바가 있다.

위대한 왕은 이러한 일을 미리 예상하고 그런 약속을 요구한 것일까.

그때 뷜로가 왈칵 소리 질렀다.

"가지 마라!! 네가 가면 나는 누굴 놀려먹고 산단 말이냐! 내 인생의 낙은 어쩌고?!"

"……."

와그작, 악터스의 미간이 일그러졌다.

그는 냉정하게 등을 돌려 자신의 길을 떠났다.

뷜로가 그 뒤를 쫓아가며 쓸데없는 말을 나불댔다.

홀로 남은 레논이 쓴웃음을 지었다.

"의외로 죽이 잘 맞는 한 쌍일지도."

레논은 바람을 일으켜 몸을 허공에 띄웠다.

지체할 시간이 없다. 이제 곧 마지막 일전이 벌어질 것이다.

그는 테오발트를 찾아서 몸을 날렸다.

Chapter 05
결전

THE KING OF IMMORTALITY

"큭"

피가 멈추지 않는다.

사자왕은 몸을 숙이며 가볍게 신음을 흘렸다.

"폐하……!"

기사들은 초조를 숨기지 못했다.

사자왕이 죽어버리면 둠 왕국에는 더 이상 미래가 없다.

그때 척후로 갔던 기사가 다급히 말을 몰아왔다.

"스톰폴트군이 움직이고 있습니다!"

악터스와 대결로 시간을 너무 끌었다.

그렇게 요란하게 싸워댔으니 스톰폴트가 기척을 알아채고 움직이는 것도 당연한 일이다.

급히 성으로 돌아가고 싶으나 사자왕이 중상을 입어 급히 움직일 상태가 못 되었다.

이러지도 못하고 저러지도 못하는 상황.

지금 할 수 있는 것은 적군보다 빨리 성에 도착하길 기도하는 것뿐이다.

숲을 빠져나와 드디어 성문 앞에 도착했다.

하지만 기사들은 기뻐할 수 없었다.

스토폴트가 보낸 선발대가 이미 진을 치고 있었기 때문이다.

"사자왕이다!"

적병이 한발 늦게 도착한 사자왕의 친위부대를 가리키며 소리쳤다.

기사들은 사색이 되어 검을 뽑아 들었다.

성이 바로 앞인데 돌아갈 수 없게 된 것이다.

그들이 대치하고 있는 동안 스톰폴트의 후발부대도 속속 도착했나.

에스트리트가 백마를 타고 전장에 도착했다.

그녀는 피가 난무하는 전장에서도 흔들림없는 모습을 보여주었다.

오히려 놀라울 만큼 정확한 눈으로 상황을 파악해 나갔다.

그녀는 전장을 둘러보며 입을 열었다.

"작전은 실패한 모양입니다만, 결과적으로 일이 잘 풀렸군요."

기습 작전을 세운 이글아이 백작이 머리를 조아렸다.

"송구스럽습니다. 하나 사자왕만 사로잡으면 둠 왕국은 끝입니다. 이 전쟁, 생각보다 일찍 종결될 모양입니다."

스톰폴트 대군에는 요정족과 난쟁이족의 연합군이 가세하고 있다.

이종족 연합의 대표 격인 엔하 여왕이 눈을 가늘게 떴다.

"저자가 사자왕인가. 그는 오랫동안 마족을 곁에 두었다. 혹시 마법사가 되거나 마족으로 전락하지는 않았는가?"

"그는 인간입니다. 드물게 기량이 뛰어난 자로 보이는군요."

지그문트가 성검 브룬힐트에 몸을 기댄 채 느긋하게 대답했다.

메사드 백작이 조소를 띠며 그들의 대화에 한마디를 더했다.

"실제로 사자왕은 뛰어난 기사요. 하지만 그것만으로는 한계가 있지. 오늘로 그의 운도 명을 다한 모양이오."

스톰폴트 대군과 이종족 연합군, 그리고 무라드 반군이 왕성 앞에 진을 쳤다.

병사들은 크게 사기가 올라 당장에라도 돌진할 기세였다.

테오발트는 조금 떨어진 곳에서 사해의 마법사를 거느리고 있었다.

그뿐 아니라 대륙으로 흘러나온 마족들도 그의 주위를 맴돌고 있었다.

"드디어 그년에게 따끔한 맛을 보여줄 때가 되었군요."

사해의 여섯 제후 중 하나인 혈맹주 진이 꼬리를 흔들며 말했다.

그녀의 곁에서 마도북왕 위슬레이도 조소를 흘렸다.

"큭큭. 왕을 거역하다니 머리가 안 돌아가는 놈들뿐이로군."

조소와 야유가 흘러나온다.

그러나 테오발트는 그들의 말을 듣고 있지 않았다.

그는 조용히 성문만을 지켜보고 있었다.

저 문 너머에 마렝겐 왕비가 기나리고 있으리라.

생각이 얽히고설킨다. 머리가 복잡하여 지금은 누구의 방해도 용납지 않을 생각이었다.

그때 어디선가 바람이 불어왔다.

청룡의 화신 레논이 바람의 힘을 빌려 그의 곁으로 다가왔다.

테오발트는 원래 혼자서 생각을 정리할 생각이었지만 레논이 다가오는 것은 막지 않았다.

유일하고 믿음직한 친구, 레논은 그의 상념을 방해할 자격이 있었다.

"네 예언대로 거들먹거리다 큰코다치고 돌아왔다."

테오발트는 낮게 웃었다.

"애처럼 투덜거리기는."

"난 아직 삼백 살밖에 안 됐다. 네 녀석에 비하면 한참 어린애 맞잖냐? 할 말 없으면 그냥 내 어리광을 받아줘라."

테오발트는 레논의 요구대로 어리광을 받아주기로 했다.

"자자, 기죽지 마라. 인간인 악터스와 달리 너는 수명이 많이 남아 있다. 수백 년 이상 수련하면 악터스를 따라잡을 수 있을지도 모르지."

"있을지도 모르는 게 아니라, 절대 따라잡고 말 거다."

레논은 검을 꽉 움켜쥐었다.

질시가 아니라 강한 결의이다.

테오발트는 조용히 웃으며 성문을 향해 시선을 주었다.

굳게 닫혀 있던 문이 열리고 있었다.

사자왕의 친위기사들은 결단을 내리지 못하고 망설이고 있었다.

지금 성문을 열면 적군을 왕성 안으로 들이는 것이나 다름 아니다.

그렇다고 사자왕이 생포당하면 역시 끝장이다.

"폐하."

기사가 의견을 묻기 위해 왕의 앞으로 다가갔다.

사자왕은 피를 너무 많이 흘려 안색이 창백했는데, 묘하게도 표정은 아주 평온했다.

사지에 서 있는 사람이라고는 생각할 수 없는 모습.

쿠우웅.

그때 성문이 열리기 시작했다.

성을 지키던 병사들이 스스로 문을 열고 성밖으로 걸어나왔다.

왕이 사로잡히면 성을 지킨다 해도 의미가 없다.

희박한 가능성에 걸고 왕을 사지에서 구출하기 위해 나선 것인가?

그런데 병사늘이 도열한 뒤 화려한 일행이 뒤를 이어 나왔다.

여덟 마리의 백마가 지붕 없는 마차를 끌고 있었다.

마차는 전체를 황금으로 도금했으며 곳곳에 고가의 보석

을 박아 장식했다.

　전면부에는 이름 난 장인이 수년에 걸쳐 조각한 여신상이 장식되어 있다.

　화려한 마차 위에 마링겐 왕비가 나른한 자세로 앉아 있었다.

　마차 주위에는 백여 명의 시녀가 따라나와 왕비를 위해 부채를 부치거나 산해진미를 그녀의 발아래에 바쳤다.

　악공들이 음악을 연주하기 시작한다.

　"뭐야."

　"미, 미친 건가."

　병사들이 술렁거리기 시작했다.

　제정신이 박힌 인간이라면 저런 꼴을 하고 전장에 나서지 않을 것이다.

　마링겐 왕비의 어이없는 행태에 다들 손을 놓고 있을 때 사자왕이 움직였다.

　"쿨럭."

　상처가 너무 깊어 손이 잘 움직이지 않는다.

　목구멍으로 자꾸만 피거품이 올라왔다.

　하지만 그는 떨리는 손을 움직여 말을 몰았다.

　그리고 마링겐 왕비에게로 다가갔다.

　"사자왕을 놓쳐서는 안 된다!!"

스톰폴트 병사들이 사자왕을 사로잡기 위해 움직였다.

금발의 기사가 짧은 순간 빈 공간을 파고들었다.

"사자왕의 머리는 내가 갖겠다!"

그는 크게 외치며 사자왕의 목을 노렸다.

그런데 중상을 입고 반시체가 되어 있어야 할 사자왕이 벼락처럼 오라 블레이드를 휘둘렀다.

서걱!

병사의 철검이 두 동강이 났다.

사자왕은 놀라 주춤대는 병사의 목을 베어버렸다.

피가 사방으로 뿜어 나온다.

사자왕은 붉은 시야 속에서 아름다운 왕비를 보았다.

그는 그토록 아름다운 여인은 처음 보았다.

처음 마링겐 왕비를 만났을 때 그는 꿈이라도 꾸는 듯했다.

만약 꿈이라면 영원히 잠에 들어 두 번 다시 깨지 않아도 좋다고 생각했다.

사자왕은 순식간에 그녀에게 빠져들었다.

그녀가 인간이든 마족이든 그런 건 아무래도 상관없었다.

마족은 마음대로 외모를 바꿀 수 있는 존재였다.

어쩌면 마링겐 왕비의 외모도 그냥 만들어진 것일지도 몰랐다.

뭐, 만들어진 것이라도 상관없다.

어느 이름 모를 장인이 만든 예술 작품에 반해 버린 셈 치면 되니까.

아름다운 그녀가 바라는 것이라면 무엇이든 이루어주었다.

무고한 백성을 학살하여 온갖 보석을 빼앗아 그녀에게 안겼다.

평생에 걸쳐 대국(大國)의 반열에 올려놓은 자신의 왕국을 멸망시키기도 하였다.

왕국이 멸망할 것을 알고도 아무것도 하지 않았으니 스스로 멸망시킨 것이나 다름없는 일이다.

여기까지 하였지만 정작 아름다운 그녀의 마음은 다른 곳에 가 있었다.

그녀는 불사왕이라 불리는 신화적인 존재를 깊이 연모하고 있었다.

불사왕이 되돌아올 때까지, 심지어 사자왕은 그의 대역까지 자청했다.

"아아, 나의 왕이여. 사랑한답니다. 사랑하고 있어요."

마링겐 왕비가 하늘을 향해 나른하게 손을 뻗었다.

그 모습에 사자왕의 눈이 크게 흔들렸다.

사자왕은 알고 있었다.

그녀가 말하는 '왕' 이 자신을 가리키는 것이 아니라는 걸.

차라리 완전히 미쳐 버렸으면 좋았을 것이다.

소문대로 아주 실성을 하였으면 좋겠다 싶었다.

그랬다면 아무것도 모른 채 착각 속에서 살 수 있었을 텐데.

"나의 왕비여!!"

사자왕은 마링겐 왕비를 향해 걸었다.

"죽어라, 사자왕!"

앞을 가로막는 병사를 어깨로 찍어 밀어붙인 뒤 검을 거꾸로 쥐고 내려찍어 어깨를 부줬다.

시체를 발로 차서 넘어뜨리며 검을 크게 휘두르자 기사의 몸통이 말 그대로 종이처럼 찢어졌다.

거치적거리는 것은 무엇이든 박살 냈다.

오라가 불처럼 타올라 병사들의 목숨을 살라먹었다.

적군 아군 할 것 없이 모든 이가 그의 엄청난 무용에 기겁을 했다.

사자왕의 상처는 겉으로 보기에도 매우 심각했다.

그가 흘린 피가 말 안장부터 갑옷을 흠뻑 적시고 있었다.

그럼에도 괴물 같은 힘을 발휘하여 적을 벌써 열다섯이나 베었다.

사자왕의 무용에 질려서 사람들은 사자왕도 필사적이라는 사실을 알지 못했다.

그는 마족이 아니다.

배가 찢기고 피를 다량으로 쏟아내고도 멀쩡할 수는 없다.

마지막으로 아름다운 그녀를 끌어안기 위해 그는 죽을힘을 다해 팔과 다리를 움직였다.

웅성웅성.

둠 왕국군 사이로 술렁임이 퍼져 나갔다.

그들은 성문을 열고 나온 것이 스톰폴트에 투항하고 성을 내주기 위함이라고 생각하고 있었다.

그때 전신에 피칠갑을 하고도 필사적으로 검을 휘두르는 사자왕의 모습을 보았다.

이미 패배주의가 만연해 있었지만 그 모습을 보는 순간만큼은 가슴이 뜨거워졌다.

"폐하를 보호하라!!"

"보호하라!!"

몇몇 기사와 일부 병사들이 군주를 구하기 위해서 검을 들고 달려나왔다.

충성스러운 신하들의 도움으로 사자왕은 끝내 마링겐 왕비의 곁에 당도할 수 있었다.

금방이라도 꺾일 것 같은 다리로 어떻게 여기까지 왔는지 알 수가 없다.

정말 기적적인 일이었다.

“나의 왕비여.”

병사들, 억지로 끌려나온 시녀들과 악공들도 아련한 눈으로 사자왕을 바라보았다.

둠 왕국은 망했다.

그것은 이제 기정사실이 되었다.

그래도 사람들은 향수를 원한다.

사자왕이 마링겐 왕비를 애절하게 사랑한 것만은 사실 아닌가.

망국의 마지막 왕과 왕비의 사랑은 오랫동안 사람들의 입에 오르내리게 되리라.

드디어 마링겐 왕비도 몸을 일으켰다.

그녀는 마차에서 내려와 우아하게 발을 내디뎠다.

신발을 신지 않은 하얀 발이 드레스 자락 사이로 걸음걸음 드러난다.

누가 시키지도 않았으나 사람들이 스스로 물러서서 그녀를 위해 길을 내어주었다.

적군도 아군도 없이 모든 이가 숨을 죽이고 사자왕과 마링겐 왕비의 모습을 바라보았다.

고요가 전장을 지배하고 있다.

“쿨럭.”

왕비의 바로 앞까지 다가온 사자왕이 갑자기 피를 토하며 무릎을 꿇었다.

간신히 토혈을 가라앉히고 그는 왕비를 올려다보았다.

"나의 왕비여……. 사랑하오, 사랑하고 있다오."

사람들은 마링겐 왕비가 서둘러 사자왕을 부축하여 일으켜 줄 것이라고 생각했다.

하지만 그녀는 높은 곳에 서서 상처 입은 왕을 내려다볼 뿐이다.

그녀의 입가에는 언제나 부드러운 미소가 걸려 있다.

"알고 계시지 않습니까. 나의 왕이 오셨답니다. 전 더 이상 대역을 필요로 하지 않아요."

사자왕은 무릎을 짚고 억지로 몸을 일으켰다.

그녀를 안기 위해 손을 뻗는다.

피가 묻은 손끝이 가늘게 떨린다.

"그래도 상관없소."

사자왕은 양팔로 그녀를 깊이 끌어안았다.

그러나 품 안의 따스함을 느낄 새도 없었다.

우드드득.

끔찍한 소음이 흘러나왔다.

마링겐 왕비가 손을 뻗어 사자왕의 가슴을 뭉개었다.

뼈를 부수고 그 안에 숨어 있는 심장을 터뜨렸다.

왕비의 손이 사자왕의 등을 꿰뚫고 튀어나와 있다.

사람은 넋을 놓고 그저 바라보기만 했다.

환상이라도 보는 것인가.

워낙 가느다랗고 작은 손이라 이 상황이 더욱 비현실적으로 느껴졌다.

우직.

마링겐 왕비가 가슴을 꿰뚫고 있는 팔을 뽑아냈다.

"거치적거립니다. 비켜주서요."

사자왕의 몸이 크게 흔들렸다.

왕비는 그를 옆으로 밀쳐 내고 앞으로 걸어갔다.

그녀의 눈에는 오직 한 사람만이 보일 뿐이다.

테오발트. 사랑하는 나의 왕.

수십 킬로는 떨어진 곳에 서 있었지만 마링겐 왕비는 그의 모습을 생생히 볼 수 있었다.

사자왕을 내버려 두고 그녀는 테오발트를 향해 담뿍 애정을 표시했다.

그때 사자왕이 팔을 뻗어 그녀의 허리를 끌어안아 품으로 당겼다.

가슴에 구멍이 뚫리고노 상력한 부인인 그는 아직도 살아 숨 쉬고 있었다.

오래전, 오월 아카데미를 졸업한 테오발트가 왕성에 초대되어 왔다.

그때도 마링겐 왕비는 당장에라도 테오발트에게 달려갈 듯 팔을 내밀고 애정을 드러냈다.

사자왕은 그녀를 보내고 싶지 않아 끌어안고 말았다.

그때처럼 사자왕은 마링겐 왕비를 붙잡고 말했다.

"가지 마시오. 쿨럭… 왕비……."

마링겐 왕비가 뒤돌아 그를 바라보았다.

그녀의 얼굴에는 여전히 미소가 그려져 있다.

"비키라고 했습니다. 정말 성가신 인간이로군요."

그녀는 사자왕의 얼굴을 움켜쥐었다.

우드득!

붉은 덩어리가 높이 튀어 올랐다가 바닥에 떨어졌다.

머리를 잃은 사자왕의 몸뚱이만 피를 뿜어내고 있었다.

피가 터져 나와 하늘을 시뻘겋게 물들인다.

마링겐 왕비가 입고 있는 화려한 드레스도 붉게 물들어갔다.

그녀는 다분히 귀찮은 기색으로 사자왕의 시체를 밀쳐 냈다.

시대를 풍미하던 호걸이 그렇게 비참한 최후를 맞이했다.

그간에 행한 악행이 있으니 자업자득일지도 모른다.

"흐아악!!"

"폐하께서……!!"

넋을 잃고 있던 이들이 피 보라를 보고서야 정신을 차렸다.

그들은 왕의 어이없는 죽음에 비명을 질렀다.

사람이라면 누구라도 배덕한 왕비의 행위에 분노하리라.

병사들이 노성을 지르며 마링겐 왕비를 공격했다.

수십 개의 창칼이 마링겐 왕비를 꿰뚫기 직전이다.

실로 가소롭기 짝이 없어 그녀는 크게 웃음을 터뜨렸다.

"후후. 아하하하하!!"

드디어 마링겐 왕비가 자신의 정체를 드러내었다.

그녀는 지상에 숨어 있던 악마 중의 악마.

오로지 살해와 파멸만을 추구하는 순수한 악.

그 위용이 얼마나 대단한가.

하늘과 대지가 몸을 낮춘다.

창조모신이 창세를 단행한 이래 세상을 유지시켜 왔던 신들도 두려움에 떨었다.

마링겐 왕비를 위협하던 창칼은 예전에 산산이 부스러졌다.

겁도 없이 돌격한 병사들은 형체도 남기지 못하고 한 줌 핏물로 변해 공기 중에 비산했다.

그녀는 깔깔 웃으면서 춤을 추듯 팔을 뻗었다.

가벼운 손짓으로 감히 감당하기 벅찬 힘이 쏟아져 나왔다.

거대한 파도가 밀어닥치듯이, 둑이 터져서 물이 한꺼번에 쏟아지듯이.

광포한 힘이 대지를 사납게 할퀴었다.

땅에 거미줄처럼 금이 가며 갈라지기 시작했다.

충격을 받은 지반이 아래로 꺼지고 반대쪽은 하늘 높이 치솟아올랐다.

쿠르릉!

견고하게 지어진 성벽이 지진 때문에 무너져 내렸다.

돌로 만들어진 거대한 벽도 무너지는 판에 연약한 인간들이 이를 감당할 리 만무하다.

사람들은 미처 대처할 생각도 못하고 비명만 질렀다.

그때 테오발트가 병사들을 제치고 앞으로 뛰어나왔다.

그는 전쟁이 벌어지는 내내 사람들의 뒤에 서 있었지만, 이번만큼은 달랐다.

마링겐 왕비는 다른 누구도 아닌 그가 상대해야 할 적이었다.

그가 걸음을 뗄 때마다 발아래에서 잡초가 무성하게 자라났다.

그의 특기는 생명을 다루는 것이다.

아무것도 없는 황야에서 꽃을 피우고, 시들어가는 식물을 되살리는 힘.

죽은 사람조차 되살려내는 무한의 생명력!

테오발트는 본연의 힘을 고스란히 드러냈다.

콰콰콱!!

땅을 가르며 전진하던 마력이 그의 발 앞에 가로막혔다.

"아아!"

죽는 줄로만 알았던 사람들이 탄성을 질렀다.

성의 일부가 무너질 정도가 거대한 지진이 일어났다.

순식간에 일어난 일이라 대처할 방도도 없이 모두 몰살당하는 줄로만 알았다.

어차피 자연재해나 다름없는 힘에 대처할 방도라곤 전혀 없었다.

그 재앙을 거짓말처럼 멈추게 만든 것이다.

놀란 사람들이 홀연히 나타난 청년에게 주목했다.

그들 중 몇몇은 그의 정체를 파악해 냈다.

"신의 사자다!"

"마, 맞아! 신이 아직 우리를 버리지 않은 거야!"

테오발트는 웅성거리는 말을 들으며 마력을 가로막고 있었다.

그의 발아래에서 잔뜩 억눌린 마력이 폭발할 것처럼 몸을 뒤틀었다.

그 힘이 워낙 강하여 전신에 묵직하게 압박감이 느껴진다.

테오발트는 이를 드러내며 가볍게 불쾌감을 드러냈다.

쿠웅!

그는 팔을 들어 크게 휘둘렀다.

잠깐 공기가 잠시 상공으로 떠오르더니 갑자기 부채꼴 형태로 강풍이 몰아쳤다.

단순한 바람이 아니다.

강력함 힘이 실린 바람에 무형의 마력은 순식간에 산산조각 났다.

바람이 스쳐 지나갈 때마다 지진으로 갈라진 땅이 달라붙고 본래의 모습으로 되돌아갔다.

마치 시간이 거꾸로 흐르는 듯한 광경!

순식간에 지진의 흔적이 사라져 간다.

지진으로 갈라진 대지가 달라붙는가 싶더니 풀과 나무 따위가 자라나기 시작했다.

강력한 생명력이 점점 증폭되어 급기야 제 힘을 주체하지 못한 탓이다.

어마어마한 힘이 마링겐 왕비를 노리고 있었다.

그녀는 홀로 춤에 취해서 미처 그 힘을 피하지 못했다.

촤아악!

강풍이 발바닥부터 머리끝까지 그녀의 새하얀 피부를 할퀴고 지나갔다.

근육과 뼈가 잘리고 피가 사방으로 튄다.

그러나 대지가 순식간에 원상복구된 것처럼 처참하게 난도질당한 그녀의 몸은 눈 깜짝할 새에 다시 회복되었다.

오히려 예전보다 훨씬 완벽하고 피부에도 탄력이 넘치는 것 같다.

"아아, 이런……."

하지만 마링겐 왕비는 생기가 넘치는 자신의 손을 보며 뭔가가 마음에 들지 않는지 눈살을 찌푸렸다.

손가락이 가늘게 떨고 있다.

손가락만이 아니다. 벼락을 맞은 것처럼 전신이 바들바들 경련하고 있었다.

"아앗."

갑자기 그녀가 몸을 움츠리며 작은 비명을 질렀다.

그리고 다음 순간, 다시 전신이 찢겨졌다.

찢어진 상처는 잠깐 사이에 검게 썩어 고름이 줄줄 흘렀고, 점점 바싹 말라 비틀어졌다.

사자왕조차 영혼을 빼앗겼을 정도로 절세의 미모를 가진 마링겐 왕비.

그녀의 아름나운 육신이 끔씩하게노 섬는 미라저럼 변해 갔다.

그런데 상처 입은 육신이 무형의 힘을 흡수하여 또다시 치유되기 시작했다.

활기를 계속 머금은 피부가 거의 터져 나갈 듯 팽팽해졌다.

한계까지 팽팽해진 팔뚝에서 붉은 선이 죽죽 생겨났다.

퍼걱!

이어지는 끔찍한 파육음!

짧은 시간에 마링겐 왕비의 육신이 수십 번 갈가리 찢어졌다가 재생하기를 거듭했다.

바람에 흔들리는 나뭇잎처럼 휘청대던 그녀가 고개를 들었다.

피투성이가 된 얼굴은 고통에 일그러져 있어야 할 터이다.

하지만 그녀는 여전히 미소를 짓고 있다.

"아아, 너무하세요. 당신을 맞이하기 위해 아름답게 치장하고 나왔는데 엉망이 되어버렸어요."

그녀는 찢어진 드레스를 가리키며 불평을 터뜨렸다.

심통을 낸 것이 우스운지 입을 가리고 살짝 웃으면서 그녀는 한 걸음을 내디뎠다.

쿠웅!!

작은 걸음이 세상 전체를 뒤흔들었다.

다시 지진이라도 일어나는 줄 알고 몇몇은 그 자리에 주저앉아 버렸다.

다행히 지진은 없었다.

대신 테오발트가 일으킨 바람이 강한 진동에 휩쓸려 사라져 버렸다.

테오발트는 눈살을 찌푸렸다.

저렇게 간단히 그의 힘을 봉쇄할 줄이야.

"어서 오십시오, 왕이시여. 기다리고 있었습니다."

마링겐 왕비는 정식으로 인사를 했다.

더 이상 가로막는 것도 방해하는 자도 없다.

테오발트가 온전히 그녀를 만나기 위하여 여기까지 왔다.

그것을 느낀 마링겐 왕비가 마음껏 기쁨을 표현했다.

그에 반해 테오발트는 온통 불쾌한 감정뿐이었다.

"전에 말했을 것이다, 다음에 너를 만나면 반드시 죽여 버리겠다고."

"그건 어려운 일이에요. 보다시피 저는 죽지 않는 걸요."

흉측한 상처들이 아물고 있다.

모든 마족들은 강한 재생력을 가지고 있다.

그녀는 어느새 아름다운 본래의 모습으로 되돌아왔다.

드레스는 여전히 엉망인 채이지만.

테오발트는 단호하게 말했다.

"아니, 너는 죽는다."

그는 허리춤에서 검을 뽑아 들었다.

검에는 오라가 아니라 불사왕의 강대한 권능이 깃들었다.

그는 땅을 박차고 화살처럼 몸을 날렸다.

좌악.

테오발트가 쇄도하는 것을 보고 마링겐 왕비는 부채를 크게 펼쳤다.

왕의 검이 하늘에서 머리 위로 떨어진다.

왕비는 부채를 휘둘러 검을 튕겨내었다.

콰악.

검이 크게 튕겨 나왔으나 테오발트는 땅을 밟고 몸을 틀어서 방향을 전환했다.

마링겐 왕비는 부채질을 한 번 한 뒤 아직 자세를 잡지 못하고 있었다.

그녀는 전생에 연약한 집시여인이었고, 지금도 귀부인 행세를 하면서 생활했다.

그에 비해 테오발트는 아득한 시간 동안 온갖 무예를 섭렵하였다.

가진바 기량이 차이가 나는 것은 당연할지도 모른다.

테오발트가 왕비의 가슴에 검을 꽂았다.

이어서 검을 비틀며 어깨로 뽑아냈다.

좌아악.

가슴부터 어깨까지 잘려 나가며 피가 분수처럼 뿜어져 나왔다.

마링겐 왕비는 어깨에 손을 올리고 비틀거리며 물러났다.

그 틈을 놓칠 테오발트가 아니다.

검이 위험하게 번뜩였다.

촤악!

반 이상 잘려 있던 몸통이 단칼에 잘려 나갔다.

테오발트는 불을 일으켰다.

하늘 위에 수십 개의 불덩어리가 나타났다.

시뻘겋게 물든 하늘.

그건 이대로 세상이 망하는 게 아닐까 싶을 정도로 불길한 광경이었다.

초고온의 불덩이가 비처럼 쏟아져 잘려 나간 상반신을 후려치고 불태웠다.

그로도 부족해 테오발트는 검을 높이 들어 거의 재가 된 육신 위에 힘껏 꽂았다.

쿠우웅!

검이 꽂히는 순간 거대한 망치로 후려친 것처럼 바닥이 원형으로 3미터 이상 꺼졌다.

그나마 형태를 유지하고 있는 머리와 상반신의 일부가 엄청난 압력에 짓눌려 산산이 박살 났다.

파편들은 불길에 휩싸였고 흔적도 없이 불타 사라졌다.

불길은 천천히 사라졌다.

열기까지 전부 사라진 뒤에야 테오발트는 몸을 일으켰다.

주위가 쥐 죽은 듯 조용하다.

그때 검은 머리칼의 사내가 혀를 끌끌 차며 고요를 깼다.

"아아, 저건 죽었군."

사내의 정체는 흑룡왕 엘더였다.

제아무리 괴물 같은 재생력을 가진 마족이라 해도 머리를 잃으면 죽는다.

물론 머리의 일부가 남았다면 또 알 수 없는 일이긴 하다.

하지만 가루도 남기지 못하고 사라졌으니 살아날 가능성은 없다.

"왕에게 덤빈 말로가 아니겠습니까."

혈맹주 진이 꼬리를 살랑거리며 말했다.

모든 이들이 숨을 죽이는 가운데 사악한 마족들이 낄낄거리면서 조소를 던졌다.

부스럭.

그때 한쪽에 처박혀 있던 마링겐 왕비의 하반신이 조금씩 꿈틀거렸다.

테오발트는 인기척을 느끼고 즉시 그쪽을 노려보았다.

다리와 몸통만 남은 시체가 움직이다니 이보다 더 괴기스러운 장면은 없으리라.

하지만 더욱 기괴스런 장면은 그 이후에 일어났다.

가루가 되어버린 상반신 부분에 뼈가 자라나고 살이 돋아

났다.

텅 빈 몸속에는 새로운 내장기관들이 자리 잡았다.

이건 꿈인가.

놀란 이들이 잠깐 눈을 부비는 사이 마링겐 왕비는 다시 아름다운 예전의 모습을 되찾았다.

"후후후후."

그녀는 새로 돋은 팔로 땅을 짚고 일어났다.

새로 만든 얼굴을 손으로 쓸어내렸다.

"저는 죽지 않아요. 당신이 백 번 죽이면 백 번 살아날 것입니다. 천 번을 죽이면 천 번 되살아나겠지요."

테오발트는 검을 쥐고 다시 그녀에게 다가갔다.

흔적조차 남기지 않고 철저히 소멸시켜 버렸음에도 멀쩡하게 부활해 버렸다.

하지만 그는 전혀 동요하지 않았다.

"너를 쉽게 제거할 수 있을 거라곤 생각지 않았다."

"물론이에요. 저를 다른 마족과 같이 취급하시면 곤란하답니다. 저는 특별한 존재인 걸요."

"특별이라……."

테오발트는 고소를 지으며 그 단어를 중얼거렸다.

그는 마족을 만들 때 항상 자신의 일부만을 취하게 하였다.

한 번도 자신의 모든 것을 준 경우는 없다.

무슨 일이 벌어질지 알 수 없었기 때문이다.

하지만 지독한 고독과 우울함에 사로잡힌 채 그는 오랫동안 꺼려왔던 일을 결행하기에 이르렀다.

머리부터 발끝까지, 자신의 모든 것을 전부 마링겐 왕비에게 넘겨준 것이다.

억겁의 생을 살았지만 처음으로 시도하는 일이다.

그는 숨을 죽인 채, 특별한 일이 벌어지기를 기대했다.

어떤 일이든 좋다.

간절히 바라건대 이 지겨운 영생(永生)을 뿌리째 뒤흔들 크나큰 변혁을!!

그래서 마링겐 왕비는 불사왕의 마지막 희망이었다.

그래서, 마링겐 왕비를 만나는 일이 기대가 되면서도 두려웠다.

그녀는 어떤 존재로 변한 것일까.

그녀를 만나면 어떤 일이 벌어질까.

혹시 이 손으로 감당하지 못한 일을 벌인 것은 아닌가.

만약에 혹시라도…… 그녀가 전혀 특별한 존재가 아니면 어찌하나.

"하아."

테오발트는 하늘을 올려다보며 깊이 숨을 토했다.

겨울이 가까워지고 있었다.

이른 아침 싸늘한 날씨 때문에 하얀 입김이 올라왔다.

자박자박.

마링겐 왕비는 하얀 맨발로 한 걸음씩 걸어 테오발트를 향해 다가갔다.

그녀의 발이 닿을 때마다 풀이며 나무가 검게 썩어 들어갔다.

테오발트가 걸을 때마다 온갖 식물이 무성하게 자라나던 것과는 정반대이다.

그가 가진 힘이 재생의 힘이라면, 그녀가 가진 힘은 멸망의 힘이다.

황폐한 대지 위에 선 그녀는 정녕 악마 그 자체이다.

"자아! 홀로 오만한 세상의 왕이여, 이제 그만 저를 인정해 주세요. 당신을 사랑하고 있습니다. 오랜 시간 한결같이 당신만을 기다려 왔어요. 수많은 이들이 보는 앞에서 저를 당신의 신부로 맞이하시는 거예요."

하늘을 쳐다보던 테오발트는 고개를 내리고 그녀를 응시했다.

눈이 마주치자 그는 피식 실소했다.

"웃기고 있군."

차가운 반응에 마링겐 왕비는 실망을 숨기지 않았다.

"아직도 인정하지 못하시는 건가요?"

테오발트는 그녀의 질문을 무시했다.

“천 번을 죽이면 천 번 되살아난다고 말했던가.”

“맞습니다. 저는 죽지 않는 몸이지요.”

“좋아. 한 번 너를 죽였으니 앞으로 구백아흔아홉 번을 더 죽이면 되겠군.”

테오발트는 기온을 낮추어 인위적으로 빙정(氷晶)을 잔뜩 만들어냈다.

빙정의 크기는 사람 머리만큼 컸다.

눈과 뒤섞인 얼음 덩어리가 허공을 하얗게 메우고 있다가 한꺼번에 마링겐 왕비의 머리 위로 쏟아졌다.

몇 번이나 거절당한 탓인가, 그녀의 얼굴도 조금 앙칼지게 변했다.

마링겐 왕비가 옷자락을 크게 떨치자 대기가 크게 출렁거렸다.

빙정은 강한 파동에 부딪쳐 산산이 부서지고 말았다.

테오발트는 좀 더 힘을 끌어내었다.

그러면서 조금 감탄한다.

확실히 대단하긴 하다.

이만큼 자신을 애먹일 수 있다는 사실이.

점점 굵어지고 무거워진 빙정들이 왕비가 일으킨 장막을 내리쳤다.

쾅! 콰앙! 쾅 쾅쾅!

귀를 막지 않고는 견딜 수 없을 정도로 엄청난 폭음이 연달아 터져 나왔다.

고막이 얼얼하여 사람들은 주저앉으며 비명을 질렀다.

"으."

마링겐 왕비는 눈살을 찌푸렸다.

빙정이 부딪칠 때마다 점점 어깨에 압박감이 느껴진다.

결국 그녀가 펼친 장막이 더 버티지 못하고 부서지고 말았다.

얼음덩어리가 사정없이 마링겐 왕비를 후려쳤다.

그녀는 팔로 얼굴을 가리며 물러섰다.

하지만 가느다란 팔뚝 따윈 금방 기이한 방향으로 으스러졌다.

머리에 얼음조각을 얻어맞고 그녀는 뒤로 벌렁 뒤집어지고 말았다.

쓰러진 그녀 위로 빙정이 무수히 쏟아졌다.

날카로운 얼음에 살가죽이 찢겨 나가고 뼈가 으스러지며 산산이 부서진다.

눈보라의 기세가 더욱 거세어졌다.

광! 광광! 팡!

얼음이 대지에 떨어질 때마다 땅이 흔들렸다.

바닥이 몇 미터씩 파였다.

한참 만에 테오발트는 이적을 멈추었다.

　마링겐 왕비가 서 있던 자리에는 수십 개의 구멍이 뚫려 있을 뿐 아무것도 존재하지 않았다.

　이전에는 하반신이나마 남아 있었다.

　그러나 지금은 머리카락 한 올도 남아 있지 않다.

　마링겐 왕비를 완벽하게 소멸시켜 버렸으나 테오발트는 자세를 풀지 않았다.

　"말씀드렸다시피 저는 불멸의 존재랍니다."

　익숙한 음성이 하늘 위에서 들려왔다.

　마링겐 왕비가 허공을 밟고 서 있었다.

　분명히 흔적도 없이 제거하였는데 몇 분 지나지도 않아 새로운 육신을 가지고 나타났다.

　악몽이라도 보는 것 같다.

　사람들만 그리 느끼는 것이 아니다.

　마족들의 눈에도 그녀의 권능은 지독히 비현실적이었다.

　"이, 이게 말이 돼?"

　"아무것도 없는 곳에서 어떻게 새로 태어나는 거야?"

　여기저기서 의혹이 섞인 목소리가 흘러나온다.

　그러나 테오발트는 주위의 반응 따윈 상관치 않고 다시금 마링겐 왕비를 베기 위하여 묵묵히 움직였다.

　그가 땅을 박차고 도약하자 검이 휘황하게 빛을 뿜기 시작했다.

그 힘은 신궁 가르시아의 빛과도 흡사했다.

끝까지 그가 공격 태세를 풀지 않고 있었다.

아름다운 마링겐 왕비의 얼굴이 결국엔 일그러지고 말았다.

그녀는 노성을 터뜨렸다.

"언제까지 헛수고를 할 참입니까!!"

"이제 998번 남았다."

테오발트는 단칼에 그녀의 목을 내리쳤다.

동시에 검에서 고온의 빛이 뿜어져 나와 그녀의 몸뚱이를 태워 버렸다.

남은 것은 검은 재뿐.

테오발트는 안전하게 바닥에 착지했다.

하늘에서 재가 내리는 것을 바라보고 있자니 등 뒤에서 날 카로운 음성이 들려왔다.

"왕이여!"

마링겐 왕비가 멀쩡한 모습으로 땅을 딛고 서 있었다.

그녀는 조금 전에 검에 베인 목 주변을 손으로 어루만졌다.

짧은 사이에 벌써 몇 번이나 소멸당했는가.

"997번."

테오발트가 덤덤히 숫자를 세었다.

뿌드득.

마링겐 왕비는 주먹을 움켜쥐었다.

팔이 부들부들 떨린다.

분노로 인해 전신이 떨려왔다.

그녀는 이를 드러내고 고개를 젖혔다.

하늘을 향해 커다랗게 고함을 질렀다.

자신을 받아들여 주지 않는 왕을 향한 극심한 분노이다.

두 사람이 지상에서 격돌했다.

힘이 부딪친 여파만으로 살을 베어버릴 것 같은 강풍이 몰아쳤다.

마링겐 왕비의 힘은 두려울 정도로 강력했다.

그럼에도 얼마 안 가 그녀의 열세가 뚜렷해졌다.

자세가 무너지며 무방비 상태가 되자 테오발트는 공간 자체를 짓눌러 그녀를 폭사시켰다.

전투를 주시하는 사람들의 얼굴이 평온하다.

어느덧 마링겐 왕비에 대한 두려움이 많이 희석된 것이다.

죽여도 다시 부활하는 모습을 보고 모든 게 끝이라는 생각을 한 적도 있다.

하지만 더 이상은 아니다.

그녀가 '왕'이라 불리는 존재의 상대가 되지 않음을 그들도 느낄 수 있었다.

육신이 파괴되자마자 마링겐 왕비는 다시금 새로운 몸을 얻었다.

"크윽!!"

그녀는 완전히 부활하자마자 신음을 흘렸다.

또한 제대로 서지 못하고 엉거주춤하게 웅크린 상태이다.

테오발트는 틈을 주지 않고 그녀의 간격 안으로 파고들어 검을 휘둘렀다.

퍼렇게 날이 선 검이 들이닥치기 직전, 마링겐 왕비의 얼굴이 하얗게 질렸다.

"아……, 꺄아악!!"

찢어질 듯한 비명이 터져 나왔다.

피가 분수처럼 솟구쳤다.

마링겐 왕비는 쉴 새 없이 죽고 어김없이 다시 부활했다.

테오발트는 잠시도 지체 않고 그녀를 죽이고 다시 죽였다.

쿵!

콰아앙!

"꺄아악!!"

폭음이 터지고 땅이 흔들렸다.

뒤를 잇는 찢어질 듯한 여자의 비명 소리.

마링겐 왕비는 뒤로 물러나며 힘없이 죽임을 당할 뿐이다.

수십 번 이상 그녀를 학살했으나 아직 천 번을 채우기엔 한참 멀었다.

일방적인 학살이 수십 분간 이어지고 있었다.

사람이라면 누구든, 본능적으로 마링겐 왕비의 패배를 바랐다.

그녀가 죽을 거란 것을 알고 희열을 느낀 이도 있다.

하지만 참혹한 비명 소리가 수 분 이상 이어지자 서서히 공포를 느꼈다.

사람들은 잔뜩 소름이 돋은 몸을 작게 웅크렸다.

"하아."

테오발트는 기계적으로 천 번의 살해를 행하였다.

잠시 얼굴에 튄 피를 손등으로 훔쳐 내며 한숨을 토한다.

마지막 희망을 담아 창조해 낸 마링겐 왕비.

그녀는 고작 이 정도의 존재였다.

그 사실을 상기하니 너무나도 애통하였다.

아름다운 레티치아, 그리고 홀베크!

어머니와 아버지.

죄없이 몰살당한 영지민들.

겨우 이런 결과를 보기 위해서 그들 모두를 잃은 것인가.

툭.

가슴 언저리에서 뭔가가 후두둑 떨어졌다.

빌로 때문에 시골 영지에 들렀다가 선물받은 씨앗이었다.

작은 주머니에 넣어 목에 걸고 있었는데 격렬한 움직임에 뜯어져 버렸다.

테오발트는 땅에 떨어진 씨앗 중 하나를 집어 들었다.

티없이 맑은 아이의 얼굴이 아직도 눈앞에 선하다.

"이런 짓을 한들… 소용없는 일입니다!!"

자신의 피를 흠뻑 뒤집어쓴 마링겐 왕비가 마지막 발악을 했다.

아름다운 얼굴이 피투성이가 되고 빛나던 은발도 엉망진창으로 엉켜 있다.

그녀의 말로는 한심하고 허무했다.

"작별이다."

테오발트는 씨앗을 허공에 던졌다.

씨앗에서 가지와 뿌리가 자라 나왔고 찰나 간에 엄청난 크기의 나무가 되었다.

가지와 가지는 서로 엉키면서 하늘을 찌를 듯이 자라났다.

마링겐 왕비는 나무의 성장에 휘말렸다.

굵은 나뭇가지가 서로 엉키며 그녀의 몸을 압박했다.

"꺄아아아아악!!"

그녀는 비명을 지르며 벗어나려는 듯이 손을 뻗었다.

하지만 손도 이내 나뭇가지 안으로 빨려 들어갔다.

우드득. 우득.

굵은 가지가 뼈를 으스러뜨렸다.

나뭇가지 사이로 섬뜩한 소리가 들린다.

마링겐 왕비를 집어삼키고도 나무는 멈출 줄을 모르고 성장해 갔다.

파란 나뭇잎이 어디까지고 늘어났다.

사람들은 고개를 들어 머리 위를 드리우는 나무 그늘을 바라보았다.

성장이 멈춘 나무는 거의 왕성과 비슷한 크기였다.

나무만큼 뿌리도 거대하여 다소 흉물스러운 모습으로 튀어 올라 있었는데, 이내 넝쿨과 풀이 성장하여 뿌리를 뒤덮었다.

불어오는 바람 사이로 숲 냄새가 났다.

"……"

테오발트가 거목 위에 손을 얹었다.

그 상태로 꽤나 오랫동안 서 있었다.

한참 후, 그는 등을 돌려 사람들을 향해 걸었다.

인간들 사이에 숨어 있던 모든 마족들이 일제히 무릎을 꿇고 바닥에 이마를 대었다.

정체불명의 이들이 극상의 예를 표하자 사람들은 당황했다.

하지만 테오발트가 바로 앞까지 다가오자 자신도 모르게 몸을 낮추게 되었다.

본능적인 공포가 그들을 뒤로 물러서게 만든다.

테오발트는 사람들이 내준 길을 걸었다.

지상의 모든 사악한 것들의 창조주이며 지배자.

영원의 세월을 걷는 자.

불사왕은 에스트리트의 앞에 멈추어 섰다.

그녀는 드레스 자락을 올리고 우아하게 왕을 맞이했다.

"사람들을 대신하여 감사를 표합니다."

모든 사람들이 본능적으로 불사왕을 두려워하였으나 그녀만은 달랐다.

아름답고 현명한 여인.

불사왕은 그녀를 향해 손을 내밀었다.

"짐과 함께 가지 않겠는가. 그대를 왕비로 삼겠다."

에스트리트는 미소를 지으며 그의 손을 잡았다.

"거절하겠습니다."

맞닿은 손이 따스하다.

하지만 그녀는 재고의 가치도 없이 제안을 거절했다.

영원의 왕을 위하여 마족이 되어 그의 곁을 지킬 수도 있었다.

하지만 마족으로 변한 그녀는 사악하고 잔악하여 틀림없이 왕을 크게 실망시킬 것이다.

그녀는 온갖 악행을 일삼아 그를 시목한 슬픔과 고통 속으로 밀어 넣으리라.

어쩌면 그가 사랑하는 사람들을 모욕하여 살해할지도 몰랐다.

마링겐 왕비가 그랬던 것처럼.

다른 수많은 마족들이 그리했던 것처럼.

그래서 에스트리트는 마지막까지 마족이 되기를 거부했다.

비록 고독한 그가 세상의 끝에 홀로 남게 된다 하여도, 어차피 마족이란 새로운 비극의 시작일 뿐이므로.

"매정한 여자다."

똑 부러지는 결정에 불사왕은 쓴웃음을 지었다.

아름답고 현명한 에스트리트.

그는 사랑하는 연인을 남겨두고 돌아섰다.

차디찬 겨울이 왔다.

그리고 다시 봄이 오리라.

변한 것은 아무것도 없다.

아무것도.

"가자, 짐의 사악한 왕국으로."

수많은 마족들이 그의 뒤를 따랐다.

사람들은 언제까지고 그의 뒷모습을 바라보며 그 자리에 서 있었다.

『불사왕』 완결

Epilogue 1

"**또** 왔어요?"

에스트리트가 질렸다는 표정으로 말했다.

막 창문을 통해 들어오던 테오발트는 풀이 죽었다.

"섭섭하군. 내가 오는 게 불만인가 보지?"

"영원히 이별할 것처럼 말해놓고 이렇게 뻔질나게 들이닥

치니 하는 말이죠."

"그럼 바람대로 영영 오지 말까?"

테오발트는 창밖으로 고개를 돌렸다.

에스트리트가 얼른 그의 어깨를 붙들었다.

“당신이 토라지기도 하는군요. 한 번 튕겨본 거라고요.”

그녀는 얼굴을 붉힌 채 투덜거렸다.

테오발트는 웃으며 그녀의 뺨에 가볍게 키스했다.

“바퀴벌레 같은 한 쌍이군! 원한다면 자리를 비켜줘도 좋고.”

완전히 없는 사람 취급당한 레논이 투덜거렸다.

스톰폴트의 수호룡인 그는 여왕과 티타임을 가지던 중이었다.

“내 방해 좀 하겠다.”

테오발트는 당당하게 에스트리트와 레논의 가운데에 앉았다.

레논이 다시 찻잔을 들어 올리며 물었다.

“사해는 문제없이 돌아가고 있냐?”

“글쎄다. 지그문트를 마도남왕으로 삼을 생각이었는데 아무리 봐도 놈은 군주 체질이 아닌 것 같아 어찌할까 고심 중이다.”

“하긴. 그분은 좀…….”

자해를 즐기는 해괴한 취미를 가진 지그문트를 떠올리며 레논은 애매한 표정을 지었다.

“결국 지그문트보다 약한 마족을 마도남왕으로 삼아야 하는데, 그리되면 위계질서에 문제가 생긴다. 사해는 힘이 모든 것을 좌우하는 세계니까.”

“골치 아프겠군.”

모든 마족이 사해로 돌아갔으나 지그문트는 대륙에 남아 요정여왕 엔하의 곁에서 생활하고 있었다.

그는 마족이 된 후로 한 번도 살생을 하지 않았다.

자기 자신에게 칼을 꽂을지언정 남을 해치거나 죽이는 일은 일체 없다.

앞으로는 어찌 될지 알 수 없지만 적어도 지금은 그렇다.

그 특이점 때문에 지그문트는 대륙을 자유롭게 나다닐 수 있는 특권을 가지고 있었다.

"한동안은 이대로 내버려 두는 수밖에."

그는 담뱃대를 꺼내 입에 물었다.

레논이 담배 연기를 손으로 걷어내다가 문득 웃었다.

"마족의 일상에 대해서 태평하게 이야기를 나누고 있다니 어쩐지 신기하군."

"미리 잘 들어둬라. 그래야 나중에 마족이 되었을 때 사회에 적응하기 쉽지."

"윽! 또 그 소리냐?"

레논이 질색을 했다.

그는 에스트리트를 가리켰다.

"에스트리트는 내버려 두고 있으면서 왜 나만 자꾸 마족으로 만들겠다고 협박을 하는 거야?"

에스트리트는 아무 말도 못들은 척하며 우아하게 찻잔을

들어 올렸다.

조금 식었지만 그래도 여전히 좋은 향이 났다.

테오발트는 느긋하게 담배 연기를 뿜어냈다.

"후우, 난 마족을 만들지 않고는 못 버틴다. 어차피 만들 거라면 기본 수명이 긴 용이 최고지. 똑같은 나무라도 마른 장작으로 불을 피우는 것이 좋듯이 말이야."

레논은 지끈거리는 이마를 짚었다.

고개를 숙이고 있던 그는 창밖을 내다보았다.

겨울이 되어 나무에 잎이 모두 떨어지고 가지만 앙상하게 남았다.

잠시 뒤 그는 테오발트의 눈을 똑바로 응시했다.

"마족이 되었을 때 내가 어떻게 변하게 될지 조금 두렵기도 하다. 하지만 내 수명이 다하는 날, 네가 바라는 대로 마족이 되어주겠다."

담뱃재를 털어내던 테오발트가 잠시 움직임을 멈추었다.

에스트리트도 차를 마시던 것을 멈추고 레논을 바라보았다.

"레논! 당신은 그것이 바른 선택이라고 생각하나요?"

"에스트리트, 내 생각에 이 선택지엔 옳고 틀림은 없다고 본다."

"하지만……!!"

에스트리트는 결국 말을 잇지 못하고 한숨을 쉬었다.

테오발트의 앞에서 더 이상 언성을 높일 수가 없었다.

어차피 마족이 태어난 후의 모든 것을 감당해야 사람은 죽어서 사라질 그들이 아니다.

영원히 홀로 살아가야 할 테오발트의 몫이다.

"짐을 너무 동정하지 말아다오. 그러면 더욱 서글퍼진단다."

"알았습니다. 동정하지 않겠어요. 대신 제 목숨이 다하는 날까지 당신을 소중히 여기겠습니다."

에스트리트는 테오발트의 품에 머리를 묻었다.

그녀가 더없이 사랑스러워서 테오발트는 미소를 지었다.

날이 완전히 저물었다.

테오발트는 에스트리트와 레논과 인사를 나누고 왕성을 빠져나왔다.

그는 혼자서 어두워진 숲을 걸었다.

그날따라 흔한 벌레 소리도 들리지 않았다.

오랫동안 어둠을 걷고 있자니 귓가에 목소리가 들려왔다.

"당신은 쓸쓸하십니까."

사특한 마물이 속삭였다.

그는 비록 지금 혼자이지만 이 길을 되돌아가면 아름다운 공주와 믿음직한 친구를 다시 만날 수 있었다.

하지만 테오발트는 사특한 마물의 질문에 긍정하고 말았다.

“그렇다. 쓸쓸해서 견딜 수가 없구나!”

“어째서?”

마물이 키득거리면서 물었다.

“이제 몇 년만 지나면 저들 모두가 시든 나뭇가지처럼 죽어버릴 것이다! 그들을 마족으로 만들어 버린들 또 만 년만 지나면 영혼마저 삭아 사라져 버릴 것이 아닌가!”

테오발트는 절규하고 말았다.

힘을 봉인한 채 떠돌아다니며 여러 가지 많은 일을 겪었으나, 결과적으로 얻은 것은 아무것도 없었다.

자신은 영원히 고독한 존재라는 당연한 사실만을 재차 깨달았을 뿐.

그가 만들어낸 마족 앙브라스가 신마전쟁을 일으키고 세상을 멸망 직전까지 밀어 넣었다.

그는 영웅 지그문트를 지옥의 구렁텅이에 방치하기도 했다.

그는 홀로 강대하기에 생각없이 행한 사소한 일 하나로도 힘없는 인간에게 큰 재앙을 주었다.

혹시 신의 영역조차 초월한 위대한 존재가 있다면, 그가 실수를 한다고 해도 사선에 박아수거나 나무라 주지 않을까?

아니다. 그렇게 굉장한 초월자는 바라지도 않는다.

테오발트는 소리쳤다.

하다못해 나와 대등한 존재라도 있었으면 바랄 것이 없겠다!

그럼 순식간에 죽어나가는 약해빠진 미물들의 옷자락에 매달려 제발 죽지 말라고 애원할 필요도 없을 것이다.

그들을 잔악한 마족으로 되살려 놓고 실망하고 분노할 이유도 없으리라.

대지와 하늘, 세상을 거니는 인간들, 그리고 마족!

어째서 나를 제외한 모든 것들은 이토록 나약한가!

너희들의 나약함 때문에 나는 매일 미쳐 간다.

이젠 실수를 바로잡아 줄 훌륭한 존재가 아니라도 좋다.

어리석거나 일그러져도 좋다.

나와 어깨를 나란히 할 수 있는 대등한 존재의 탄생을 너무나도 간절히 바란다.

"후후후후후."

아름답고 매혹적인 마링겐 왕비가 뒤틀린 미소를 지었다.

완전히 죽어서 사라졌다고 생각했던 그녀가 멀쩡한 모습으로 다시 나타났다.

겨우 천 번의 살해로는 그녀를 완전히 소멸시키는 것이 불가능했던 것이다.

마링겐 왕비는 불사왕의 어긋난 소망으로 태어난 존재.

그녀는 불사왕의 육신을 고스란히 취하여 그와 완벽히 같은 크기의 힘을 가졌다.

한편으로 그녀는 인간의 영혼에 마력을 섞어서 창조한 오염된 존재, 즉 마족을 기반으로 만들어진 자이기에 몹시 사악하며 일그러져 있었다.

"그렇다면 왕이여, 제가 당신의 바람을 들어드리겠습니다. 당신을 미치게 만드는 모든 나약한 것들을 없애 드리지요. 당신을 위하여 이 세상을 멸망시켜 버리는 거예요!"

절망하던 테오발트가 고개를 들었다.

그 순간만큼은 두 눈이 번뜩거렸다.

그에게 있어 살아 있는 자들은 애증의 존재였다.

나약한 필멸자들은 일찍 시들어 그에게 지독한 고독을 주었지만, 기쁨과 행복도 안겨주었다.

그래서 그는 크게 실망을 하면서도 결국엔 살아 있는 자의 편으로 돌아섰다.

모든 생명이 필히 멸절로 향할 운명임을 누구보다 잘 알고 있으면서도, 끝까지 그 사실을 인정하지 않으려 했고, 마지막의 마지막 순간까지도 사랑하고 보호하고 지켜주려 하였다.

"세상의 멸망 따위 누가 용인할까 보냐!"

테오발트가 뿌린 거대한 기운이 미링겐 왕비를 덮쳤다.

지난번 전투에서 마링겐 왕비는 제대로 손도 쓰지 못하고 당하기만 했다.

강력한 권능을 가지고 있으나 그 힘을 제대로 활용할 줄 몰랐기 때문이다.

그녀는 전생에 힘없는 집시였고 우아한 귀부인이었기에 칼을 휘두르고 마법을 쓰는 법을 잘 알지 못했다.

하지만 천 번의 살해를 겪으면서 그녀는 다양한 경험을 쌓을 수 있었다.

속절없이 당하던 이전의 모습은 더 이상 찾아볼 수가 없다.

마링겐 왕비는 여유롭게 미소를 띠며 왕의 힘에 대응했다.

한 치의 물러섬도 없는 싸움이 이어졌다.

테오발트는 지금 이 상황이 믿기지 않았다.

도저히 마링겐 왕비를 굴복시킬 수가 없었던 것이다.

지금껏 상대해 왔던 상대들은 하나같이 하찮기 그지없어 그의 손짓 한 번에 먼지처럼 사라져 버리곤 했다.

그는 워낙에 강대한 존재이기에 누구와 진지하게 싸움을 해본 적도 없다.

그러나 이제는 다르다.

그가 두 번 공격하면 왕비는 똑같이 두 번 그의 머리를 후려쳤다.

치열한 싸움 속에서 테오발트가 문득 웃었다.

그는 사악한 마링겐 왕비의 만행을 결코 좌시하지 않을 것이다.

하지만 세상에서 유일하게 대등한 그녀와의 싸움이 조금
은 유쾌했다.

사랑하는 왕이 유쾌하게 여기니 마링겐 왕비도 몹시 유쾌
하였다.

불사왕은 끝내 그녀의 존재를 인정하고 말았다.

"너는 나의 유일한 대적자이다!"

이윽고 자신의 바람을 이룬 그녀가 크게 웃었다.

"저는 당신의 유일한 반려랍니다."

하루 종일 하늘에서 천둥 번개가 치고 바다가 심하게 요동
쳤다.

사람들은 어서 폭풍우가 그치길 바라며 이불 속에 몸을 묻
었다.

바로 그날 세상의 섭리가 변하는 일대 사건이 있었음을 누
구도 알지 못했다.

—Finale

Epilogue 2

매우 화창한 날씨였다.

손자가 밖으로 나가자고 떼를 쓰는 바람에 할아버지가 일부러 불편한 몸을 이끌고 나들이를 나왔다.

길가에 가을꽃이 한가득 피어 있었다.

아름다운 풍경을 보고 있자니 잘 나왔다는 생각이 들었다.

할아버지는 꽃길을 걸으며 즉흥적으로 손자에게 신화 이야기를 해주었다.

"세상에는 수많은 신이 있는데 그중에서도 창세(創世)의 힘을 가진 최상위신은 단둘밖에 없단다. 바로 창조모신과 창세마신이지. 그중 창조모신은 우리가 사는 이 세계를 창조하였고, 하늘의 가장 높은 곳에 거하며 힘없는 사람들을 가호하신단다. 한편 사악한 창세마신은 지하 가장 낮은 곳에 머물며 이 세계를 멸망시키려고 하고 있지. 두 신의 힘은 거의 대등하여 각기 승리와 패퇴를 거듭하였는데 그때마다 이 세상의 흥망이 바뀌곤 했단다.”

호기심 많은 손자가 고개를 갸우뚱했다.

“창세마신은 왜 세상을 멸망시키려고 하는 거예요?”

“그건 아주 사악한 존재이기 때문이란다.”

할아버지의 설명에도 손자는 인상을 썼다.

“그건 이상해요. 세상이 멸망하면 모든 것이 사라지잖아요. 아무것도 얻지 못하는 건 창세 마신도 마찬가지라고요.”

“뭐라? 허허, 이런 당돌한 녀석 같으니.”

“솔직히 제 말이 맞지 않아요? 마신은 왜 세상을 멸망시키려는 거예요?”

“사악한 신이니까 그렇지 않다더냐!”

“그게 이해가 안 된다고요!”

사이좋은 조손간에 잠깐 동안 말싸움이 벌어졌다.

하지만 언쟁은 오래가지 않았다.

어느덧 오래된 신화에 대한 일일랑 잊어버리고 두 사람은
기분 좋게 꽃길을 지나쳐 갔다.

—Finale

Chapter
외전 - 흑룡왕

THE KING OF IMMORTALITY

어느 날 지상에 적염의 마녀가 내려와 모든 것을 불태우기 시작했다.

도저히 감당하지 못할 대재앙으로 인해 수많은 사람들이 죽었으며 특별한 힘을 가진 용조차 대부분 살해당하고 말았다.

수풍지화 질서를 유지시키는 용이 대부분 사라진 탓에 세상은 더욱 황폐해졌다.

그리고 십 년이 지난 후, 최초로 새로운 용이 탄생했다.

까만 비늘을 가진 아름다운 흑룡이었다.

이 어린 흑룡을 시작으로 수많은 용들이 태어날 즈음 황폐한 대지도 다시 아름다운 모습으로 탈바꿈하리라.

늙은 용들은 새 시대를 기대하며 흑룡에게 축복을 내려주었다.

수많은 축복을 받으며 태어난 덕분인가 흑룡은 매우 훌륭하게 성장했다.

용은 사회성이 없는 생물이다.

물론 계급이나 왕이라는 칭호도 없다.

그러나 흑룡이 보여주는 지식이나 권능은 실로 독보적인 것이었다.

용들은 경탄을 담아 흑룡에게 왕의 칭호를 붙여주었다.

왕좌를 얻은 엘더.

그리하여 그의 이름은 '엘더 크라우' 가 되었다.

하늘을 배회하던 거대한 흑룡이 산 끝자락에 내려앉았다.

그는 몸을 둥글게 말고 엎드려 생각에 잠겼다.

어느덧 천 년에 가까운 세월을 살았다.

때로는 나무로, 때로는 사슴으로, 때로는 작은 벌레로… 물론 인간의 모습으로 살아본 적도 있다.

그는 당시의 일을 하나씩 회상해 보았다.

역시 인간이나 요정, 난쟁이, 그리고 수인족으로 살았을 때가 가장 즐거웠던 것으로 생각된다.

용처럼 똑같이 사고하고 움직일 수 있는 존재들이었기 때문이다.

지난 천 년간 끊임없이 삶과 죽음, 깨달음을 거쳤다.

이제 남은 것은 승천하여 사라지는 것뿐이었다.

하지만 조금 아쉬움이 남았다.

이 아쉬움은 무엇을 뜻하는가.

분명한 것은 아쉬움이 사라지지 않는 이상 승천을 할 수가 없다는 사실이다.

그가 산자락에 앉아 고뇌에 빠진 것은 그 때문이다.

앞으로 나가기 힘들 때는 뒤를 돌아보라고 했다.

그는 옛날처럼 인간이 되어 세상을 돌아다니며 아쉬움의 정체를 생각해 보기로 했다.

인간의 생을 체험하기 위한 여행이다.

엘더는 자신이 용이라는 사실을 잠시 동안 까맣게 잊어버리게 될 것이다.

"여기는 어디지?"

아름다운 흑룡의 모습은 사라지고 그곳에 검은 머리칼을 가진 장신의 사내가 나타났다.

그는 주위를 둘러보며 의문을 표했다.

자신이 누구인지, 왜 여기에 있는 것인지 도무지 생각이 나질 않았다.

단지 자신의 이름이 엘더라는 것은 알 것 같았다.

한참 고뇌에 빠졌으나 이 자리에 앉아 있다고 무슨 결론이 나진 않는다.

엘더는 마을을 찾아서 길을 떠났다.

기억을 잊어버린 사람답지 않게 씩씩한 걸음걸이이다.

크아앙!

얼마 가지 않아 마물과 마주쳤다.

대재앙 이후에 세상이 복구되면서 마물의 수도 많이 줄었다.

하지만 인적이 드문 곳은 여전히 위험천만했다.

엘더는 근처를 죽 둘러보다가 검을 뽑아 들었다.

"혹시 사람이 이곳을 지나다 마물을 맞닥뜨리기라도 하면 큰일이겠지. 하는 수 없군. 아, 나는 매우 정의롭고 착한 성품을 가진 사람이었구나."

자기 자신에 대해 한 가지를 깨달았다.

엘더는 제 입으로 자화자찬을 하며 수고로이 마물 퇴치에 나섰다.

서걱! 촤악!

시원한 쾌검에 마물이 속절없이 쓰러진다.

놈들을 세 마리 정도 베었을 때 문득 인기척을 느꼈다.

근처에 사람이 있는 모양이었다.

엘더는 당장 기척이 느껴지는 곳으로 향했다.

자칫하다간 여행객이 마물을 만나 위험에 처할지도 모른다.

그의 예상은 정확했다.

붉은 머리칼을 가진 소녀가 마물에게 둘러싸여 있었다.

"비켜라!"

엘더는 당장 마물 사이로 뛰어들어 놈들을 모조리 베어버렸다.

칼부림이 일어난 사이에 핏물이 소녀의 얼굴에 튀었다.

하지만 지금은 그런 것에 신경 쓸 겨를이 없었다.

마물 퇴치가 끝난 후 엘더는 여인의 안전을 물었다.

"다친 곳은 없으십니까."

소녀는 덤덤한 얼굴로 얼굴에 묻은 피를 닦다가 갑자기 청년의 얼굴을 빤히 바라보았다.

그녀는 콧소리를 냈다.

"호오. 이건 운이 좋구나."

"예? 무슨……."

"뭐, 이런 산중에 그대 같은 미남자를 만난 게 행운이란 뜻이다."

소녀는 그리 말하면서 쿡 하고 웃었다.

어쩐지 의미심장하게 느껴지는 웃음이다.

게다가 귀여운 소녀의 모습을 하고 말투는 늙은이들이 말하는 것 같다.

이것저것 걸리는 게 있었지만 일단 잘생겼다고 말해주었으니 엘더도 예를 표해야 할 것 같다.

"성함이 어떻게 되십니까?"

"내 이름은 레오니아다."

이래 봬도 생명의 은인인데 왜 초면부터 반말을 하냐고 묻고 싶었다.

하지만 귀족인 것 같아서 참았다.

"그렇군요, 레오니아님도 미인이십니다."

그는 깍듯이 존칭을 붙여서 친절하게 말했다.

레오니아는 당연하다는 듯 흑발을 쓸어 넘겼다.

"내가 원래 좀 미인이지."

"하하. 게다가 제법 뻔뻔하시기도 하고요."

결국 마음속에 있던 말이 튀어나오고 말았다.

이미 내뱉은 말이지 않은가.

엘더는 그냥 하하 웃고 말았다.

레오니아는 재밌다는 눈빛으로 그를 올려다보았다.

"그냥 순둥인가 했더니 제법 능글거리는 맛도 있구나."

"그건 그렇군요. 저는 제가 그냥 착하고 정의로운 사람인

줄로만 알았는데, 이런 면이 있을 줄은 정말 몰랐습니다,"

엘더는 새삼 자신의 새로운 면을 발견하고 감탄사를 터뜨렸다.

"이것도 전부 레오니아님의 덕분입니다. 제가 감사의 표시로 잠시 동안 호위를 해드리죠."

"필요없다. 그냥 네 갈 길이나 가거라."

"이 근방은 마물로 가득합니다. 혼자 다니시다간 변을 당하기 딱이지요. 뭔가가 수틀리는 일이 생겨 가출이라도 하신 모양인데 이러지 말고 어서 댁으로 돌아가십시오."

레오니아는 붉은 머리카락을 위로 곱게 땋아 올리고 실크로 된 외출복을 입고 있었다.

그 모습이 딱 귀족집 영양이었다.

"헛소리는 그쯤하고 네놈이나 집으로 돌아가라."

가출 운운하는 소리에 레오니아는 코웃음을 치며 혼자 앞서나갔다.

엘더는 웃는 낯으로 소녀를 뒤쫓았다.

나뭇가지가 그녀의 앞길을 가로막자 검으로 가지를 베었다.

"길을 내어드리죠. 도도한 얼굴에 상처 나십니다."

"스스로 하인이 되길 청하니, 뭐 좋다. 앞서서 길을 만들거라."

"음……, 갑자기 하기 싫어지는데요."

"아주 깜찍하게 노는구나. 그래, 젊은 것들이 장난도 치고 그러며 크는 거지."

레오니아가 끌끌 웃으면서 엘더의 등을 두드렸다.

혹시 키가 닿았다면 머리라도 쓰다듬어 주었을 것 같다.

엄지만 한 꼬마가 누구보고 젊은 것이라는 거냐.

그런 것보다도, 엘더는 더 이상 젊은이가 아니었다.

오히려 지나치게 나이가 많다.

"저는 보기보다 나이가 많답니다."

"흠, 그러냐?"

레오니아는 엘더를 가만히 살피더니 고개를 끄덕였다.

대체 이 얼굴에서 뭘 보고 뭘 알았다고 고개를 끄덕이는 걸까.

엘더는 더욱 그 소녀에게 흥미를 느꼈다.

어차피 할 일도 없다.

그는 소녀가 곤란하다고 말할 때까지 계속 호위를 해주리라 마음을 먹었다.

"어디로 가시는 겁니까? 그것만 알려주십시오."

앞서 가던 레오니아의 얼굴이 잠시 어두워진다.

"오라버니의 무덤이 있는 곳으로 간다."

레오니아는 산을 넘고 강을 건너 계속 북으로 향했다.

밤이 되자 엘더는 땅을 고르고 장작을 모아와서 불을 피웠다.

야영 준비가 끝나자 레오니아가 편한 자리에 털썩 앉았다.

그녀는 빤히 엘더를 쳐다보았다.

"배고프다. 가서 사냥이라도 해오너라."

엘더는 매우 해맑게 웃었다.

"너무 부려먹으시는 거 아닙니까? 저는 당신의 하인이 아닙니다만?"

"네가 정녕 이 연약한 소녀가 무거운 칼을 들고 사냥에 나서길 바라는 것이냐?"

"…토끼고기로 괜찮겠습니까?"

엘더는 칼을 들고 자리에서 일어났다.

귀족나리께서 말하는데 버티고 있기도 뭐하다.

게다가 저 빨간 머리 소녀가 마음에 들었다.

처음에는 흥미였지만 지금은 소녀의 모든 것이 사랑스러웠다.

저 정도면 얼굴도 예쁘고 하는 짓도 은근히 귀엽지 않은가.

신분의 차가 신경이 쓰이긴 하지만, 오빠라는 사람도 죽고 저렇게 홀로 돌아다니는 걸 보면 아마 집안이 온전하지는 못한 것 같다.

"큭큭, 내가 너무 앞서 갔나?"

활을 꺼내 챙기면서 그는 웃음을 터뜨렸다.

이내 운이 없는 토끼가 엘더의 앞을 지나다가 화살에 맞았다.

그는 토끼를 두 마리 더 잡아서 야영지로 되돌아왔다.

레오니아는 북쪽을 바라보고 있었다.

그녀는 자주 오빠의 무덤이 있다던 방향을 바라보곤 했다.

"이제 곧 목적지에 도착한다."

엘더는 말을 고르다가 그냥 조용히 자리에 앉았다.

이 작고 도도한 소녀는 보기보다 머리가 좋았다.

아마 그녀 나름대로 생각을 정리하고 있을 것이다.

해가 뜨자마자 산을 내려갔다.

바로 앞에 작은 성이 보였으나 레오니아는 근처 숲 기슭에서 걸음을 멈추었다.

엘더는 성을 자세히 살펴보았다.

"저건 루체른 영지인데……."

루체른 백작이 반역을 기노했다가 식솔이 모두 처형당했다는 소문을 들은 바 있다.

어린 딸만이 살아남아서 간신히 도망쳤다고 했던가?

엘더는 자신에 대해서는 아무것도 모르면서 다른 일에 대해서는 생생히 기억을 했다.

그 사실을 의아하게 여길 새도 없었다.

그는 레오니아를 보고 물었다.

"혹시 당신의 풀네임이 레오니아 제인 루체른입니까?"

레오니아는 고개를 끄덕였다.

그녀는 유난히 흙이 붉은 장소에 멈추어 섰다.

"여기가 오라버니의 무덤이다."

"여기가?"

무덤이라고 부를 만한 표식은 아무것도 보이질 않았다.

"이즈음에서 그의 영혼이 소멸했다. 그러니까 그의 무덤이라고 할 수 있겠지."

그녀는 무릎을 꿇고 붉은 땅을 손으로 짚었다.

"자, 레오니아. 너의 마지막 소원대로 오라비가 있는 곳까지 왔다. 정말로 이런 볼품없는 무덤을 보는 것으로 만족하느냐?"

대답은 들려오지 않았다.

당연하다. '레오니아'는 불사의 왕에게 육신을 넘겨주고 죽어버렸으니까.

불사왕은 무에서 육신을 만들기도 하고, 죽어가는 인간의 육신을 활용하기도 했다.

항상 그래 왔던 것처럼 그는 이번에도 후자를 택했다.

가엾은 소녀는 죽었다. 그리고 불사왕은 레오니아라는 새로운 이름을 얻었다.

레오니아는 모든 상념을 털어버리고 자리에서 일어났다.

그는 새삼 자신의 몸을 내려다보았다.

"오랫동안 남자로 살아서 그런가, 여자의 모습이 익숙하지 않군."

잘록한 허리에 봉긋한 가슴을 가진 귀여운 소녀가 점차 소년의 모습으로 변해갔다.

잠시 후 레오니아는 귀여운 외모를 가진 미소년으로 변해 있었다.

"볼일은 다 끝났다. 이제 그만 가자."

레오니아가 엘더에게 손짓했다.

엘더는 그의 뒤를 따르는 대신 버럭 소리를 질렀다.

"이, 이게 무슨 일이야!!!"

그의 고성이 하늘까지 쩌렁쩌렁 울렸다.

"어, 어, 어째서 남자가 되는 거냐!"

"남자면 어떻고 여자면 또 어떠하단 말이냐?"

레오니아가 대수롭지 않게 되물었다.

엘더는 그야말로 기가 막히고 코가 막혔다.

"뭐가 어떻기는, 엄청나게 문제지! 나는 어떻게 너를 잘 꼬드겨서 작은 집을 하나 마련한 다음 같이 오순도순 살려는 야망을 품고 있었는데!!"

"……."

이번엔 레오니아가 어이없다는 표정을 지었다.

설마 하니 그런 생각을 품고 있을 줄은 짐작도 못했다.

그는 피식 웃으면서 말했다.

"그러니까 몰래 나를 짝사랑하고 있었다 이 말이렷다? 뭐 방금 남자로 변하는 걸 봤으니 알겠군. 나는 얼마든지 성별을 바꿀 수 있으니 말만 해라."

엘더는 버럭 소리쳤다.

"네 정체를 밝혀! 넌 여자냐, 님자냐!"

"여자도 아니고 남자도 아니다. 또한 여자이기도 하고 남자이기도 하지. 뭐 오랫동안 남자로 살아서 지금은 남성향이 더 강한 편이지만."

남자, 여자가 문제가 아니다.

애초에 그는 자신만의 육신을 가지고 있지 않았다.

원한다면 찰흙으로 인형 만들 듯 만들어내면 그뿐.

"사악한 마족이 자신의 모습을 마음대로 바꿀 수 있다고 들었다. 너는 마족인가?"

엘더는 장난기를 털어내고 진지한 음성으로 물었다.

만약 자신의 예상이 맞다면 그런 사소한 야망 따윈 문제가 아니었다.

다행이라고 할까, 아니면 불행이라고 해야 할까. 그의 예상
은 빗나갔다.

"마족은 짐의 힘을 일부나마 물려받은 자들. 그래서 새로
이 육체를 창조하지는 못해도 자신의 살덩어리를 마음대로
주무를 수는 있지."

레오니아는 평야의 들판 같은 녹색 눈동자를 하고 있었다.

하지만 어느새 그녀의 눈은 피처럼 붉은색으로 바뀌어 있
었다.

엘더는 레오니아를 똑바로 응시했다.

"대체… 네 정체가 뭐지?"

레오니아가 바로 되물었다.

"그러는 너는 뭐하는 녀석이냐?"

간단하지만 강렬한 질문이었다.

그 순간 엘더의 짧은 여행이 끝을 맺었다.

그는 인간의 굴레를 벗고 온전히 흑룡으로서 의식을 되찾
았다.

엘더는 이미 인간의 일생을 모두 경험한 뒤이고, 그 외에도
수많은 경험을 거쳐 왔다.

갑자기 본체로 되돌아왔지만 그의 강인한 영혼에는 생채
기가 하나 나지 않았다.

"불사왕……! 그대가 바로 전설로 전해지는, 영원의 세월

을 걷는 존재란 말인가!"

새까만 용이 하늘을 가득 메웠다.

그가 자그마한 인간 소년을 내려다보며 놀란 음성으로 외쳤다.

레오니아가 피식 웃었다.

"나를 사랑한다더니 그건 어찌 되었느냐?"

"음? 무슨 말을 하는지 난 모르겠는데?"

"여전히 하는 짓이 능글맞군."

어차피 무성 생식하는 용은 이성간의 사랑을 모른다.

흑룡에게 있어 사랑 소동은 잠깐의 백일몽일 뿐.

레오니아가 신형을 띄워 흑룡의 곁으로 다가왔다.

그는 용의 까만 비늘을 하나씩 어루만지며 말했다.

"그래. 그 능글맞은 말투하며, 하는 짓은 깜찍하기 그지없다. 승천할 시기가 다 되어가는 노룡인 것 같은데 어째서 이렇게 혈기왕성하단 말인가."

"…영원의 세월을 걷는 자, 불사왕은 많은 것을 알고 있다고 들었다. 혹시 알고 있다면 내게 해답을 다오. 나는 천 년 넘게 살고도 여전히 승천하지 못하고 있다. 무엇이 부족하기 때문인가?"

엘더는 반신반의하는 심정으로 물었다.

그런데 놀랍게도 불사왕이 그 질문에 해답을 주었다.

"네가 떠나지 못하는 것은 미련을 버리지 못하기 때문이다. 네겐 더 이상 부족함이 없다. 그런데도 너는 만족할 줄을 모르고 계속하여 더 많은 것을 알려고 하는구나. 너의 지식욕은 탐욕스럽기까지 하다."

만족할 줄 아는 것은 중요한 일이다.

적당한 재물욕이나 권력욕은 그 사람을 발전하게 한다.

좀 더 많은 것을 얻기 위해 노력하고 분발하는 모습은 긍정적이다.

하지만 그 정도가 지나치면 잘못된 길로 빠져들 가능성이 높았다.

흑룡 엘더 크라우가 바로 그러한 경우였다.

마치 자신의 길을 깨우치기라도 한 것처럼 그의 눈빛이 변했다.

"그래, 나는 수많은 생명을 지켜보았다. 하지만 아직 경험하지 못한 것이 있어."

엘더는 발톱을 세운 앞발로 레오니아의 작은 몸을 움켜쥐었다.

"바로 마족의 일생! 나는 아직 마족이 어떠한 존재인지 알지 못한다!!"

방심하고 있다가 그만 사로잡히고 만 레오니아는 잠시 얼떨떨한 얼굴로 있었다.

이내 고소가 터져 나온다.

"오랜만에 용을 만났다고 기뻐했더니, 이런 사단이 있나."

"나를 마족으로 만들어다오!"

엘더가 언성을 높이며 소리쳤다.

말을 듣지 않으면 당장에 작은 몸을 뭉개놓겠다고 협박까지 했다.

그깟 협박 따윈 당연히 그에게 우스운 것이다.

"왕의 별칭까지 얻은 용이 완전히 타락했구나."

"나는 타락하지 않았다. 나는 단지 알고 싶을 뿐이다. 좀 더 많은 것을!!"

엘더를 올려다보며 레오니아는 조금 안타까운 표정을 지었다.

타락한 흑룡의 모습을 보고 있자니 기분이 묘했다.

그는 사랑하는 사람들을 되살려내곤 하였는데, 그들은 하나같이 본연의 모습을 잃고 잔악하게 변모했다.

그렇다, 마치 타락한 마족을 보는 것 같아 입맛이 쓰다.

"네가 바라는 대로 해줄 수도 있다. 하지만 너는 분명히 후회할 것이다."

"후회 따윈 하지 않아."

"하긴. 마족은 후회하지 않는다. 후회하는 것은 네가 아니라 나겠지."

레오니아는 쓰라린 느낌에 눈살을 찌푸렸다.

날카로운 발톱에 긁혀 어깨에서 피가 흐르고 있었다.

위대한 용족의 왕 엘더는 스스로 마족이 되는 것을 선택했다.

그로부터 수백 년 이상 엘더 크라우는 마룡으로 불리며 사람들에게 두려움의 대상이 된다.

좀 더 긴 시간이 흐르고 만년장로가 되어 비교적 온화한 성격을 갖추게 될 때까지.

—Finale

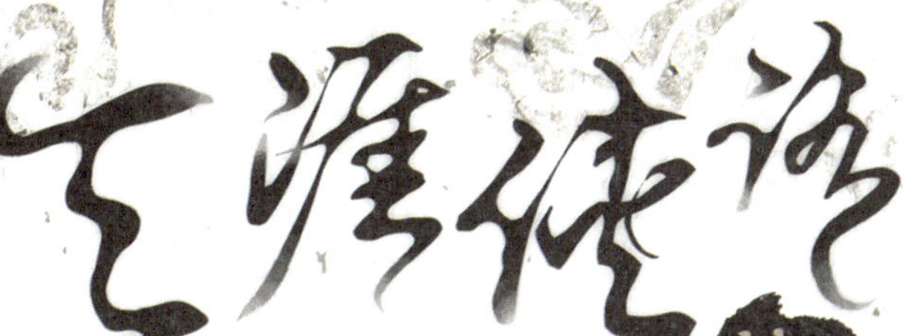

촌부 新무협 판타지 소설
FANTASTIC ORIENTAL HEROES
천애협로

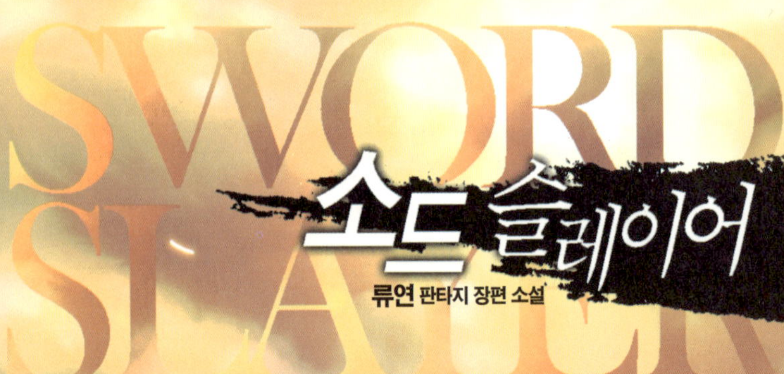

그날로 돌아간 그 순간부터 입버릇처럼 붙은 한마디.
"생각해라, 아서 란펠지."

귀족 반란에 휘말린 채 죽어야 했던 기사, 아서 란펠지.
600년 전 마룡 카브라로 인해 봉인당한 세 용사의 영혼.
버려진 이름없는 신전에서 그들이 만났을 때
운명은 또 다른 전설의 서막을 알렸다!

소드 슬레이어!

힘없이 죽어간 모든 인연들을 위하여
무력하고 허망했던 어제를 딛고
멈추지 않는 오늘을 달려 내일을 잡아라!

**위선에 가득찬 검들을 향해
여섯 번째 마나 소드, 에스카룬의 검이 질주한다!**

Book Publishing CHUNGEORAM

2011년 대미를 장식할
준.비.된. 작가 정민교의 신무협이 온다!
『낭인무사(浪人武士)』

"죄수 번호 사천이백삼, 담운!"
"……!"
"출옥이다."

만두 하나.
고작 그 하나에 이십 년 옥살이를 한 소년, 담운
그 답답하고 억울한 마음을 풀어낸다!

무림맹! 구대문파! 명문세가!
겉만 번지르르한 놈들은 다 사라져라!
겉과 속이 다른 너희들을 심판하러 내가 왔다!

Book Publishing CHUNGEORAM